SCANDERBERG,

TRAGÉDIE,

PAR M. DUBUISSON,

*MUTILÉE fur le Théâtre François le 9 Mai
1786, &, enfuite, dévorée par les Journalifes.*

Le fentiment profond d'une grande injuftice,
Égara quelquefois le cœur le plus foumis,
La vertu fouffre tout, excepté le mépris.

Afte II, Scène V.

A BRUXELLES,

Et fe trouve à PARIS;

Chez DESENNE, Libraire, au Palais-Royal.
Et chez les Marchands de Nouveautés.

1786.

PRÉFACE MITIGÉE.

Nous nous interdirons toute réflexion, mais tel est le plat entassement d'horreurs & d'absurdités, qui, développé par le style le plus incorrect & le plus barbare, a été représenté hier au Théâtre François, sous le titre de Tragédie.

Ces paroles sont tirées du Journal de Paris, & terminent très-honnêtement, comme on voit, l'extrait de ma Tragédie de Scanderberg. Aussi-tôt que je les ai lues, elles ont eu un tel charme pour moi, qu'elles m'ont fait accourir de quatre-vingt lieues, pour faire connoissance avec leur Auteur : il a eu la modestie de garder l'anonyme. Tout ce que j'ai pu savoir, c'est que le rédacteur ordinaire des Articles du spectacle n'avoit pas fait celui-là.

Mais pourquoi donc se cacher, quand on a un talent aussi décidé? car il y en a un véritable dans ces quatre lignes, & tout le monde en conviendra, c'est celui de grouper le plus de sottises dans le plus petit espace possible. Cela ne vaut-il pas mieux que ces longs & pauvres articles du Mercure de France, de l'Année littéraire, des petites Affiches, &c. (*le reste ne vaut pas l'honneur d'être nommé*), qui tous n'ont fait que délayer leur fiel dans plus de paroles, mais tous cependant d'une manière aussi vague, aussi fausse, sans faire une seule observation qui ait eu pour but le bien de l'Art.

Voilà donc à quoi nous en sommes réduits actuellement! Le jour de la représentation d'un Ouvrage est un jour de combat pour l'Auteur. Vainqueur, on lui dit des sottises. Vaincu, on lui dit des sottises. Et tous les Faiseurs d'extraits sont montés sur ce ton! Et c'est-là ce

qui refte de plus réel dans la carrière dramatique! Ah!
quittons-la, oui, quittons-la pour jamais.

Sept Tragédies, une Comédie en cinq actes, un grand
Opera, trois Opera-Comiques, le tout compofé en
moins de fix années, outre quelques autres Ouvrages en
profe, tels ont été mes travaux au milieu de foins &
de traverfes de toute efpèce. Que tous ces Journaliftes fi
acharnés contre moi, fe réuniffent enfemble, & préfentent
la maffe de leurs Ouvrages; nombre, genre, mérite, tout
eft de mon côté; & qu'on ne regarde pas cette affertion
comme un acte d'amour-propre, le mien loin de jouir
en ce moment, eft plutôt humilié de la comparaifon.

Mais, m'ont déjà dit quelques bons efprits qui con-
noiffent mes difpofitions, pourquoi avoir conçu une indignation fi vive du déchaînement des Journaliftes? Il
fut à-peu-près égal dans le tems de *Thamas-Kouli-Kan*,
& du *Vieux Garçon*; & après leur avoir exprimé tout
le mépris qu'ils méritoient, vous n'en fûtes pas découragé,
& vos travaux fe multiplièrent.

Non fans doute, je n'en fus pas découragé, des fuccès
répondoient à tout: mais cette fois-ci, c'eft le fignal de
la retraite; & qu'on ne la regarde pas comme une ridicule boutade: il faut bien abandonner une carrière où je
ne me foutiendrois plus, puifque les inftrumens même
que j'employois pour ma victoire, font devenus ceux
de ma défaite; je veux parler des Comédiens; & voilà,
bien plus encore que toutes les invectives littéraires, ce
qui me décide à ne plus courir les rifques de la repréfentation; je fuis même prefque tenté de pardonner aux
Journaliftes, ce font des ennemis, il m'attaquent: que
m'importe? mes Ouvrages font mes armes pour me défendre. Mais les Comédiens! ce font des déferteurs qui

m'ont trahi au milieu du combat, & je ne veux plus aucun rapport avec eux ; d'ailleurs qu'eſt-ce que j'y perds ? Pour un moment de gloire qu'ils pouvoient me procurer, que de chagrins ne m'ont-ils pas fait éprouver ?

C'eſt ſur-tout leur ton inſoutenable vis-à-vis des Auteurs, que je m'applaudis de n'avoir plus à eſſuyer ; j'en ſuis las, j'en ſuis rebuté ; ils m'ont tourmenté depuis ſix ans ; je ſecoue enfin le joug humiliant de la dépendance où ſe trouvent les Auteurs dramatiques, d'une Société fantaſque dont les caprices leur font acheter trop cher les ſervices qu'ils en attendent.

Je ne fais pas comme les Journaliſtes, je ne me permets pas des qualifications ſans preuves. Je ferai peut-être un jour un gros volume des anecdotes qui juſtifient mes reproches ; en attendant, il ſuffira de rapporter ici ſeulement une partie de ce que j'ai éprouvé par moi-même, pour mettre le Public en état de ſoupçonner les traitemens vexatoires que les Auteurs ſont contraints de ſouffrir de leur part, en frémiſſant, en s'indignant, mais tout bas, mais en ménageant les inſtrumens de leur renommée. Puiſſe mon exemple, ſervir à épargner à quelques-uns de mes Succeſſeurs les amertumes que j'ai dévorées, & à ne pas ſe fier aux premières amorces des Caméléons comiques ! puiſſé-je enfin arracher du champ que j'abandonne, les épines dont il a été ſemé pour moi, ce ſera ma plus douce conſolation !

De l'inſtant où je lus aux Comédiens ma Tragédie de *Nadir*, je fus aſſez bien accueilli par eux, & telle eſt aſſez généralement leur politique pour les Auteurs qui commencent. D'ailleurs, peu expert encore, je pris ſouvent pour des procédés honnêtes ce qui n'étoit rien moins que cela.

Le ſieur Larive, moins ancien dans la carrière, ne

se croyoit pas encore parfait ; il écoutoit alors les intentions de l'Auteur : la Demoiselle Sainval , d'une réputation moins affermie , permettoit des observations : le sieur Monvel , le plus instruit de ses Camarades , & Auteur lui-même , ne lassoit point l'Auteur par un tas de petites remarques sans goût , sans esprit , sans justesse. J'obtins deux répétitions à haute voix , & *Thamas-Kouli-Kan* fut à-peu-près assez bien joué. C'est la seule de mes pièces où l'on m'ait permis de dire mon avis aux répétitions. Passons cet instant favorable , & voyons ceux qui l'ont suivi.

J'avois fait une Tragédie qui avoit le mérite d'allusions assez adroites aux circonstances du moment (1). Reçue unanimement à la Comédie , elle devoit paroître tout de suite. Le sieur Molé croyoit avoir le rôle, un mot du sieur Larive le détrompa. Aussi - tôt il se fit au Comité une petite délibération bien secrette , qui décida que , quitte à ôter quatre ou cinq cens vers de mon Ouvrage , qui avoient trait au tems présent , j'attendrois le tems futur ; & ce tems futur est devenu pour moi *Jamais;* la Pièce , deux ans après , ayant été arrêtée au milieu des répétitions (2) , par des ordres supérieurs , qui n'auroient pas eu lieu , si elle avoit été jouée quand elle devoit l'être.

L'instant de jouer le *Vieux Garçon* arriva. Mais, comme je suis malheureux en tout , le sieur Préville se laissa aller, précisément dans ce tems-là , aux mouvemens d'une ame

---

[1] La guerre avec les Anglois.

[2] Ce fut à une de ces répétitions que la Damoiselle Sainval me dit qu'elle savoit mieux que moi ce qui étoit tragique, & que je n'avois à me mêler d'autre chose, que de faire mes vers. Le sieur Larive me rudoya aussi étrangement.

facile à attendrir. En venant à la première des répétitions, il vit un chien caniche baloté par des Savoyards. Ce pauvre animal l'intéressa ; il l'arracha au fort qui le menaçoit, l'amena à la répétition en s'applaudissant de son action charitable, lui fit boire de la limonade, & le reconduisit chez lui, en lui promettant de se charger de son entretien & de son logement.

Pendant les autres répétitions, le sieur Préville ne manqua pas d'amener l'enfant trouvé, & je ne puis même pas dire que l'attention fût partagée entre l'Auteur & lui, elle fut toute pour le chien qui buvoit toujours de la limonade avec une grace infinie, & avec les applaudissemens de toute la joyeuse assemblée.

J'enrageois, & m'efforçois de prendre patience : je me rappelle qu'un jour, en sortant de ces bisarres répétitions, je suivois le sieur Préville qui traversoit les cours du Luxembourg pour se rendre chez lui, & n'ayant pu trouver jusques-là le moment de l'entretenir sur mon Ouvrage, je lui en parlois avec action : il m'écoutoit tant soit peu, ayant toujours l'œil ouvert sur son orphelin qui couroit çà & là, & pour lequel il avoit les plus tendres sollicitudes. Voilà que tout-à-coup l'animal, dont l'éducation avoit sans doute été fort négligée, se jette sur quelques poules éparses dans une des cours du palais ; le sieur Préville l'appelle, & en homme ami de l'ordre, lui fait une exhortation pathétique sur son *incivilité* & sa *gloutonnerie* ; lui dit *que ces poules sont à des voisins, à des amis, & qu'il a choqué le droit des gens* (1), le menace du bâton, s'il récidive, me demande ma canne avec un

---

[1] Ce sont exactement les termes dont il se servit dans ses remontrances audit chien.

ton de colère, & en faifant femblant de me l'arracher
des mains, pour en frapper le pauvret, me fait figne
par un *à-parte* adroit, de ne la lui pas donner ; enfin joue
avec fon chien une fcène très-plaifante, & me plante-là
avec mes obfervations fur ma Pièce. Je ne pus m'empê-
cher d'en rire, trouvant feulement que cette fcène n'étoit
pas dans ma Comédie, & que c'étoit de celles-là dont
il auroit fallu s'occuper.

La veille de la repréfentation de mon Ouvrage, j'obtins
à grand-peine une répétition férieufe. Je pris la liberté
de faire au fieur Molé une obfervation fur un jeu de théâtre
abfolument néceffaire à l'effet de la fcène la plus intéreffante
de la Pièce. Mais le fieur Molé qui, par vingt-une raifons,
n'aimoit pas fon rôle de *Sainfar*, me redreffa de cette forte :
» Monfieur l'Auteur, nous ne fommes pas des Acteurs
» de Quimpercorentin, & nous favons ce que nous avons
» à faire. »

Je me tus, en étouffant de colère ; la Pièce fut jouée
le lendemain, le coup de théâtre manqué par l'Acteur
qui *n'étoit pas de Quimpercorentin*, & le moment hué. Il n'a
été applaudi aux autres repréfentations, que lorfque, par
l'interceffion de Mde. Raimond, j'eus obtenu du fieur
Molé d'exécuter littéralement ce que je defirois.

J'eus encore un autre chagrin. Le cours naturel des chofes,
en jouant ma Pièce fuivant l'ordre indiqué par les régle-
mens de la Comédie, me faifoit avoir les jours favorables
du premier jour de l'An & des Rois, où le Public fe
porte en foule au fpectacle. Le fieur Molé, malgré mes
prières & celles de quelques honnêtes perfonnes de fa
fociété, fe refufa impitoyablement à jouer la Pièce ces
deux jours, de peur, fans doute, qu'un fuccès devant
une affemblée nombreufe, ne me donnât trop d'amour-

propre. D'autres lazzis & d'autres raifons me déterminèrent
à écrire à la Comédie de fufpendre les repréfentations de
cet Ouvrage : j'en ai demandé depuis la reprife très-inu-
tilement, ainfi que celle de *Thamas-Kouli-Kan*, dont le
fieur Larive & la Demoifelle Sainval ont voulu remettre
les rôles à leurs Doubles, par la raifon que celui de
Mirza emportoit trop d'applaudiffemens à côté d'eux ; &
ils ont eu la vertu de me le dire à moi-même !

Trois mois après, je lus une Tragédie intitulée : *Trafime*
& *Timagène*, devant un Aréopage qui ne reffembloit pas
mal au confeil de la Reine *Berthe*. De mes treize Juges,
fix reçurent avec éloge, fept refusèrent fans motiver.
Je n'en veux pas dire ici la raifon, je réferve l'explication
de ce tripotage pour la préface de cette Tragédie qui
a déjà été jouée avec un fuccès complet dans plu-
fieurs grandes villes, & que je ferai imprimer in-
ceffamment.

Piqué, mais non rebuté de ce refus, je lus, un an
après, *Scanderberg*, & fept mois après, *Albert & Emilie*.
L'on éxigea que je donnaffe cette dernière Pièce la première, quoique la diftribution des rôles ne fût pas celle
que je defirois ; mais l'abfence de la Demoifelle Sainval
qui dura fept mois, me mit dans la néceffité de prier
Madame Veftris de fe charger d'un rôle qu'elle fentoit
elle-même ne pouvoir lui convenir. Le fieur Vanhove
me fit la loi, & choifit entre les deux rôles de père,
non celui que je lui avois deftiné, mais celui qui lui parut
le plus brillant & le plus aifé.

Contrarié dans ma diftribution, je conçus dès-lors que
l'effet de mon Ouvrage feroit extrêmement affoibli ; mais
je comptois beaucoup fur le Sr. Larive dans le rôle d'*Albert*
qui paroiffoit lui aller parfaitement.

Je me trompois. Le fieur la Rive, depuis *Thamas-Koull-Kan*, a changé fa manière de jouer. Il *parle*, dit-il, actuellement la Tragédie, & s'en applaudit ; moi, je m'en plains. Je conçois un premier rôle tragique toujours noble, toujours fier, tendre avec dignité, & jamais un inftant terre-à-terre. Bon autrefois, dit-on, mais ce n'eft plus cela à préfent, il faut *parler* la Tragédie. Avec ce mot, ils ont tout anéanti. Il n'y a plus de Tragédie. Un moment d'éclat, un ou deux lazzis brillans, voilà tout ; plus de tenue, plus de caractère. Revenons à *Albert* & *Emilie.*

J'ofai, à une répétition imparfaite que j'obtins au théâtre, defirer plus de chaleur, plus de fermeté dans la diction, plus d'élan, plus de jufteffe. Deux obfervations fuffirent pour impatienter ; on ne voulut plus répéter à haute voix, ni effayer les coups de théâtre ; on me répondit que, fi l'on s'arrêtoit à ce que je difois, *on iroit dîner trop tard.* Enfin on me montra de l'humeur dans les termes les moins ménagés, on me bouda, on joua ma Pièce le lendemain, tout fut manqué, tout fut rifible. Je retirai mon Ouvrage, & ne voulus point effayer une feconde repréfentation, trop convaincu de l'impoffibilité d'être joué à mon gré.

Je formai dès-lors le projet de laiffer jouer les Ouvrages que javois infcrits fur le répertoire, quand leur tour vien-droit, mais de ne plus affifter aux répétitions, ayant re-connu qu'il ne m'en étoit jamais revenu que des propos défagréables, & qu'un Acteur, lorfqu'il avoit d'abord mal conçu une penfée ou une fituation de fon rôle, ne reve-noit jamais de bonne foi de fon erreur, par l'effet d'un amour-propre inconcevable (1) ; qu'enfin de toutes les

_____

[1] *Entre cent autres exemples que je pourrois donner, je citerai celui-ci. La Demoifelle Sainval m'a foutenu à une répétition, & avec beau-*

personnes qui se trouvoient à la répétition d'un Ouvrage, la plus inutile & la plus déplacée, c'étoit sans contredit celle de l'Auteur.

D'après cette conviction intime que je n'avois que trop acquise à mes dépens, je remis, en Février, à la Comédie le dessin de la décoration nécessaire à ma Pièce, & mon manuscrit au Sr. Larive. Les Acteurs que j'employois, s'assemblèrent deux fois, leurs rôles à la main ; nous convînmes des situations, des coups de théâtre, &c., & je partis pour le pays où, depuis trois années, je fais mon séjour ordinaire, m'applaudissant, en secret, d'avoir évité cette fois le calice d'amertume que l'on m'avoit fait avaler cruellement à la mise de mes autres Pièces.

La Comédie, que je m'imaginois devoir se piquer de bien faire aller les choses pendant mon absence, se prépara à me jouer aussi-tôt après la rentrée. Elle se décida sans m'en donner le moindre avis, à ne point faire la décoration nécessaire à ma Pièce, & qu'elle avoit commandée deux mois auparavant à son Peintre en ma présence. Quelques Acteurs eurent l'honnêteté de publier d'avance que la Pièce tomberoit ; au lieu d'étudier leurs rôles, ils les parodièrent indécemment, firent des changemens ridicules, supprimèrent de leur propre autorité environ 150 vers, altérèrent le dénouement, le tout, sans m'écrire un seul mot, & avant la représentation, convinrent de ne pas finir l'ouvrage (la preuve en est au manuscrit, actuellement en mes mains), la Pièce se

---

coup d'humeur, que j'étois le seul Auteur qui employât l'adverbe encore sans e , je lui rappellai ces deux vers de Racine :

. . . N'espérez pas de nous revoir encor,
Sacrés murs que n'ont pu conserver mon Hector.

Cela n'y fit rien, le lendemain elle m'obligea de changer deux vers, pour ne point dire Ce malheureux encor,.... & je les changeai !

joua. Pendant les trois premiers actes le succès fut au-delà de l'espérance de mes amis, & dérangea les calculs de ceux qui ne l'étoient pas. Le trouble s'éleva à la fin du troisième acte, dont l'intention fut mal indiquée. Le commencement du quatrième fut gâté par le fait seul des Comédiens : un contre-sens important que la demoiselle Sainval fit, une exclamation ridicule du sieur Larive, un tems trop long à reprendre la réplique, un air glacial dans une tirade de chaleur qui fut coupée mal-à-propos : tout cela fit prendre le change au public ; la cabale se redressa ; on lui offrit une belle occasion de se signaler, elle n'y manqua pas ; ni nerf, ni entrailles dans la manière dont fut joué le rôle de Ménéclas, achevèrent d'apauvrir cet Acte.

Le grand mouvement du cinquième, rendu tel qu'il a été conçu, ou seulement tel que le sieur la Rive l'eût rendu il y a six ans, suffisoit pour rétablir le succès de l'ouvrage ; on en détruisit presque tout l'effet par une marche & une musique que je n'avois jamais demandée, & qui faisoient contre-sens. Ensuite de fausses entrées, des mémoires que le défaut de bonne volonté rendoit mauvaises, des quiproquo singuliers dans les répliques, & par-dessus tout cela, un poignard qu'Amurat devoit trouver à ses pieds, & qui fut jetté fort loin de lui ; enforte que l'instant vrai, naturel & simple, devint le comble du ridicule, l'Acteur se trouvant forcé à chercher long-tems l'instrument de sa mort : toutes ces choses accumulées écrasèrent l'ouvrage, dont la chûte avoit déjà été prévue d'avance, puisque l'on avoit donné ordre de baisser le rideau quand Amurat se tueroit ; cela, disoit-on, ayant l'air d'une fin de Pièce ; & c'est ce qu'on effectua au mépris de la décence & des règlemens qui prescrivent aux Acteurs de ne baisser le rideau que lorsque le Public a crié *bas*. Or, c'est certainement ce que le Public ne fit pas. On rit avec

raifon du poignard cherché à terre par Amurat pour fe
tuer, comme l'épingle de la lettre par le Comte Almaviva,
dans le mariage de Figaro ; mais on ne cria point *bis*. Bien
plus, fi le fieur Larive avoit voulu, fur le tems, paffer au
mouvement d'imprécation contre Mahomet, qui étoit dans
fon rôle, après qu'Amurat s'étoit frappé ; la pièce eût,
malgré tout, fini brillamment : tel eft du moins l'avis de
toutes les perfonnes impartiales qui m'ont rendu un compte
détaillé de cette repréfentation. Mais on a prétendu qu'il
avoit été décidé que l'on baifferoit le rideau avant la fin de
l'ouvrage, de peur que, s'il finiffoit, je n'exerçaffe le droit
de tout Auteur, qui peut fe faire rejouer deux fois, quand
la première repréfentation a été jufqu'à la fin ; & l'on ne
vouloit pas que j'euffe la fatisfaction de pouvoir rappeller
d'un premier jugement ; tel eft du moins l'aveu naïf qui
m'en a été fait par gens tenant à la chofe, & que je fuis
d'autant plus fondé à croire, que j'ai trouvé fur le ma-
nufcrit qui m'a été rendu le mot *fin*, écrit de la main du
Secrétaire de la Comédie, & placé bien avant la fin véritable de l'Ouvrage.

On fent bien que, malgré tous ces arrangemens, je ferois
parfaitement en droit de prétendre à une feconde repréfentation, puifque la Comédie, en faifant baiffer le rideau
de fon propre mouvement, fans que le Public le demandât,
a outre-paffé fon pouvoir ; mais je déclare ici que je fuis
bien éloigné de vouloir exercer ce droit ; je n'en fais la
remarque que pour mes fucceffeurs dans la carrière : d'ailleurs, il feroit trop dangereux : on devine bien que fi ma
Pièce, à la première repréfentation, a mal tourné au quatrième acte, les Comédiens qui la joueroient une feconde
fois contre leur gré, fauroient bien, s'ils le vouloient, la
faire huer dès le quatrième vers.

Je m'arrête ici, non faute de matière, mais faute de tems; Mes plaintes contre les Comédiens font déformais inépuifables; je m'étendrai davantage dans un Ouvrage que je prépare à loifir *fur les caufes de la décadence du Théâtre François.* Tout ce qu'il me refte à dire en ce moment, c'eft que tant qu'il n'y aura pas de répétitions férieufes faites au Théâtre, & non aux foyers fuivant leur nouvelle coutume, tant que les Acteurs s'amuferont à parodier miférablement les vers de leurs rôles, au lieu de fe pénétrer de la fituation & des effets, tant que l'on ne mettra aucun enfemble dans les fcènes, aucune nobleffe dans la diction, aucun foin dans les coups de théâtre, les Pièces qui auront le mérite de fituations nouvelles, & qui ne feront pas des Ouvrages réchauffés, tomberont néceffairement, ou du moins n'obtiendront pas le fuccès qu'une exécution plus foignée leur eût affuré.

Paffons maintenant à de courtes remarques fur l'Ouvrage que je foumets au jugement du Public, dépouillé des illufions de la fcène, il eft vrai, mais auffi, rétabli tel que je l'ai compofé, & dégagé des contre-fens multipliés dont les Comédiens le défigurèrent.

Tous les Journaux ont dit, & tous les Journaux fe font trompés, que le fujet de ma Pièce étoit entièrement de mon imagination. Il n'eft pas une fcène, pas un trait qui n'ait un rapport hiftorique. L'abdication d'Amurat en 1455, fon rétabliffement fur le trône, dont je parle au premier acte, & que l'Auteur de l'article des Petites Affiches a prétendu que j'avois mis en action; la haine de Mahomet contre Scanderberg, fondée d'abord fur la jaloufie qu'il conçut des exploits de ce héros; le cartel que celui-ci lui envoya; la fille de Sponderg, defpote de Servie, qui donna le jour à Atalide; les projets de Mahomet pour faire af-

faffiner Scanderberg (ce qu'il tenta jufqu'à trois fois diffé-
rentes); la manière dont il abandonna fon père devant
Croïa, où celui-ci mourut, tout eft littéralement dans les
Hiftoriens du tems [1]. Je dirai plus, j'ai adouci le caractère
de Mahomet ; il fut accufé d'avoir fait empoifonner fon
père, tandis qu'il courut à Andrinople prévenir le bruit
de fa mort, & s'emparer de la couronne.

J'ai donc feulement changé les moyens dont Scanderberg
fe fervit pour fe rétablir fur le trône de fes pères. Dans l'Hiftoire, ces moyens furent ceux de la rufe & de la perfidie, &
ne pouvoient fournir aucun intérêt tragique ; celui dont j'ai
fait ufage eft de mon invention ; & fi je ne l'ai pas mis
en fcène, mais feulement en récit, c'eft que je favois
bien que les Comédiens actuels mettoient trop peu de foin
dans l'action théâtrale pour exécuter celle-ci ; & d'ailleurs,
l'unité de lieu en eût été bleffée, & mon plan trop gêné.
Un Journalifte a dit que j'avois eu tort de ne l'avoir pas fait ;
mais il s'eft trompé en cela comme dans toutes fes autres
obfervations.

Le rôle d'Atalide eft à-peu-près tout entier d'invention ; cependant deux Auteurs italiens difent que Scanderberg étant à la cour d'Amurat, avoit eu une intrigue
ecrette avec une des filles du Sultan, & que l'amour
qu'il lui conferva, même après être remonté fur fon trône,
fut la raifon du refus qu'il fit long-tems de fe marier
malgré les preffantes follicitations de fes Sujets.

---

[1] *Nous renvoyons à ce fujet nos Lecteurs à Gui de Lavardin, prefque contemporain, qui a écrit de la manière la plus détaillée & la plus exacte
l'Hiftoire de Scanderberg.*

PERSONNAGES.

SCANDERBERG, Roi d'Albanie.

AMURAT II, Empereur des Turcs.

MAHOMET II, fils d'Amurat.

MENECLAS, Seigneur Albanois, Gouver-
neur de Croïa.

HALI, Grand Visir.

OSMAN, Aga, ami de Mahomet.

UN AUTRE AGA.

ATALIDE, Fille d'Amurat.

NISSA, Confidente d'Atalide.

SUITE d'Atalide.

JANISSAIRES.

TROUPES d'Albanois.

La Scène est sous les murs de Croïa, capitale
de l'Albanie, dans la plaine de Tyranne. L'action
théâtrale se rapporte à l'année 1450, qui fut
celle où Amurat mourut au siége de Croïa.

SCANDERBERG,

TRAGÉDIE.

ACTE PREMIER.

SCÈNE PREMIÈRE.

Le Théâtre repréfente, fur le devant, à droite, la tente d'Amurat ; quelques autres font indifféremment placées.

On apperçoit dans l'éloignement une Ville fortifiée, fur le haut d'une montagne ; elle occupe, à gauche, une partie du fond.

AMURAT, HALI, *à la gauche d'Amurat.*

AMURAT.

Oui ; tu vois fur mon front les chagrins dévorans :
Un tel revers m'étonne, & pèfe fur mes ans :
Des remparts de Croïa, l'orgueilleufe défenfe,
En terniffant ma gloire, irrite ma vengeance.

A

Quand l'Albanie entière a reconnu mes loix,
Et, deux fois révoltée, a succombé deux fois;
Lorsque son Prince Ivan ne put fuir l'esclavage
Qu'en laissant à ma Cour ses trois Fils en ôtage,
Restant soumis, lui-même, à de honteux tributs;
Faut-il donc, aujourd'hui, que ce Prince n'est plus,
Et que de ses Enfans pas un seul ne respire,
Quand je viens exercer mes droits sur cet Empire,
Que des Soldats sans Chef, & qu'un Peuple sans Roi,
Provoquent ma colère, & s'arment contre moi?
Faut-il que jusqu'ici mes nombreuses cohortes
Ne trouvent que l'opprobre ou la mort à ces portes,
Et que deux mois entiers soient déjà consumés,
Sans que, des Albanois en ces murs renfermés,
Le dernier, expirant au milieu du carnage,
Par son sang répandu n'ait satisfait ma rage?
Non; va tout préparer pour un assaut nouveau,
Changeons ces fiers remparts en un vaste tombeau;
Qu'enfin Croïa succombe, & que son nom périsse,
Je le dois à ma gloire, ainsi qu'à ma justice!

HALI.

Redoutable Amurat, dont le bras menaçant
Fit respecter par-tout l'étendart du Croissant,
De l'Empire Ottoman, Chef auguste & suprême,
Daigne écouter du moins un serviteur qui t'aime.
Laisse ces Albanois s'applaudir un instant

D'un fuccès paffager, encore plus qu'éclatant ?
(*Montrant la Ville.*)
Vois ce fentier rapide, où l'art & le courage
Ont cherché vainement à s'ouvrir un paffage ;
Vois ces rochers affreux, l'un fur l'autre entaffés :
Voilà les ennemis qui nous ont repouffés,
Et non, des Albanois les reftes mercénaires,
Autrefois échappés au fer des Janiffaires ;
Ils ne font aujourd'hui plus forts, ni plus heureux,
La nature, elle feule, a combattu pour eux.
Daigne donc mefurer, au poids de ta fageffe,
L'avis que je viens mettre aux pieds de ta Hauteffe ;
(*Montrant la Ville.*)
Trace une double enceinte autour de ce rocher,
Que nul être n'en forte, ou n'en puiffe approcher,
Et bientôt, défertant des remparts inutiles,
Par un fléau cruel forcés dans leurs afiles,
Leurs pâles défenfeurs, dévorés par la faim,
Au fer de tes Soldats viendront offrir leur fein.

A M U R A T.

Ce moyen eft trop lent pour mon impatience ;
Tu n'as jamais brûlé des feux de la vengeance,
Hali, fi tu conçois que fes defirs ardens
Puiffent s'affujettir à des foins trop prudens.
Depuis trente ans entiers j'ai fu mieux les connoître,
Je fus toujours vengé lorfque je voulus l'être ;

Ce fentiment actif eft encor dans mon cœur,
Et la glace des ans n'en éteint pas l'ardeur;
Vengeance!... il me la faut, mais prompte, mais fanglante;
Telle enfin que déjà *Sfétigrade* fumante
M'a vu la déployer dans fes murs abbatus!
J'ai des motifs preffans qui te font inconnus;
Venife ofe à mes droits difputer l'Albanie,
Une ligue puiffante, en fa faveur unie,
Pour délivrer Croïa, doit tenter un effort;
Qu'un affaut la prévienne & décide fon fort.

H A L I.

J'ofe encore expofer, à l'œil de ta prudence,
Un objet important, digne de ta clémence;
Veux-tu que ton armée, affrontant le trépas,
Porte un nouveau courage à de nouveaux combats?
Rends-lui ce compagnon, ce foutien de fa gloire,
Ce héros, que jamais n'a trahi la victoire,
Scanderberg, que des fers accablent aujourd'hui.

A M U R A T.

Eh quoi! ne faurions-nous prendre Croïa fans lui?
L'orgueil de Scanderberg caufa feul fa difgrace,
Mon Fils ne peut fouffrir fon indifcrète audace;
J'a dû la réprimer, & par l'impunité
Ne point accroître encor fa coupable fierté.
Quoique j'admire en lui cette haute vaillance,

Qui fembloit mériter une autre récompenfe,
Je n'ai pu, rejettant les plaintes de mon Fils,
Rifquer d'aigrir encor fes turbulens efprits.

HALI.

Mais, fi de Mahomet la fombre politique,
A perdre Scanderberg, en fecret ne s'applique
Que pour exécuter des deffeins plus profonds!
Je ne fais; mais, Seigneur, (pardonne à mes foupçons)
Fatigué des ennuis & des foins qu'elle donne,
Quelque tems à ton Fils tu cédas la couronne;
Et quoiqu'à te la rendre il ait pu confentir,
De la reprendre un jour il nourrit le defir;
Mais, pour toi, Scanderberg dévouant fon courage,
Sans doute, à fes projets, porte un fecret ombrage.

AMURAT.

Ces foupçons, à mon cœur depuis longtems offerts,
Toujours fur Mahomet tiennent mes yeux ouverts;
Afin qu'aucune trame ici ne foit formée,
Moi-même j'ai voulu commander mon armée,
Certain qu'on ne peut rien fur l'efprit des Soldats
Contre un Roi, quand lui-même il les guide aux combats.

SCÈNE II.

MAHOMET, AMURAT, HALI, OSMAN.

MAHOMET.

Seigneur, un Albanois fans armes, fans défenfe,
Des remparts ennemis, vers notre camp s'avance.

AMURAT.

Avez-vous dans fes mains apperçu l'olivier ?

MAHOMET.

Non, fa démarche eft fière, & fon front eft altier.

AMURAT.

Hali, que dans une heure il vienne en ma préfence;
Ayez foin qu'il n'éprouve aucune violence.

(*Hali fort.*)

MAHOMET.

Ah! Seigneur, votre fils ofe attendre de vous
Que vous ne laiffiez point fléchir votre courroux;
Et fi, trop foible enfin pour fe pouvoir défendre,
Cette Cité coupable à nos loix veut fe rendre,
Pour elle, à la pitié, loin de s'abandonner,
Il faut l'anéantir, & non lui pardonner.

AMURAT.

Oui, je dois la punir de tant de réſiſtance ;
Mais ne négligeons rien pour mettre en ma puiſſance
Une Ville importante, où d'orgueilleux Chrétiens
Ont de leur ſecte impie aſſemblé les ſoutiens.

(Il rentre dans ſa tente.)

SCÈNE III.

MAHOMET, OSMAN.

OSMAN.

POUR les Chrétiens ſa haine à la votre eſt égale ;
Croïa ſemble approcher de ſon heure fatale.....

MAHOMET, *appercevant deux femmes voilées,
ſuivies de quelques eſclaves.*

Que vois-je ? quels objets viennent frapper mes yeux ?
(Il avance vers elles ; elles ôtent leurs voiles.)

SCÈNE IV.

ATALIDE, NISSA, MAHOMET, OSMAN, *Suite d'A.....*

MAHOMET.

ATALIDE, eſt-ce vous? Vous ma ſœur, dans ces lieux!
Vous que dans Andrinople Amurat a laiſſée!
D'un père & d'un Sultan, l'autorité bleſſée,
Peut vous faire ſentir le poids de ſon courroux:
Je l'avouerai, Princeſſe, oui, je tremble pour vous;
La fille d'Amurat a-t'elle pu ſans crainte,
Franchiſſant du Sérail la redoutable enceinte,
S'expoſer, ſans un ordre, au haſard des combats:
Mais quel motif preſſant a dirigé vos pas?
Que venez-vous chercher au ſein de l'Albanie?

ATALIDE, *à la droite de Mahomet.*

J'y viens parer les coups d'une main ennemie,
J'y viens à la vertu prêter un juſte appui:
Mais mon frère comprend que ce n'eſt pas à lui
Que je prétends d'abord expliquer ma conduite,
Il l'attendroit en vain; je ſuis trop bien inſtruite
Que je n'aurois en lui qu'un Juge prévenu;
Mahomet, tu le vois, ton cœur m'eſt bien connu;

J'aime mieux m'adreſſer à celui de mon père,
Je compte en obtenir un accueil moins ſévère.

MAHOMET.

Vous me direz du moins.....

ATALIDE.

Je ne te dirai rien ;
J'entre chez Amurat ; après notre entretien,
Sois ſûr que je prendrai le ſoin de te répondre,
Et même, s'il le faut, celui de te confondre.

(*Elle entre avec Niſſa dans la tente d'Amurat.*)

SCÈNE V.

MAHOMET, OSMAN.

MAHOMET.

Ah ! c'eſt m'en dire aſſez : je comprends ſes deſſeins,
Cher Oſman, elle vient arracher de mes mains
Ce Guerrier inſolent qui, longtems vil eſclave,
Fier de quelques exploits, & m'irrite & me brave ;
Ce Scanderberg, enfin, qu'aux regards d'Amurat
J'ai ſu faire paſſer pour un traître, un ingrat,
Qu'il a chargé de fers, & dont la mort certaine
Dut bientôt aſſouvir mon implacable haine.

OSMAN.

Eh! fur quoi votre efprit, promp; à fe tourmenter,
Penfe-t'il qu'Ataiide ofe folliciter
La grace d'un Guerrier dont, malgré fa vaillance,
Elle doit voir le fort avec indifférence?

MAHOMET.

De ma fœur, dès longtems furprenant les fecrets,
J'ai connu de fon cœur les plus chers intérêts;
Elle aime Scanderberg,

OSMAN.

                        Malgré la loi facrée
Qui devoit du Sérail lui défendre l'entrée,
Comment à fes regards a-t'il ofé s'offrir?

MAHOMET.

Ils ont pu mille fois fe voir, s'entretenir;
La fille de Sponderg, la mère d'Atalide,
Adoucit du Sérail la contrainte rigide;
Chrétienne, elle y porta les mœurs de fon pays;
Et même, après fa mort, Amurat a permis
Que fa fille fuivît de femblables maximes.

OSMAN.

Mais, Seigneur, d'où font nés leurs feux illégitimes?
Tant de diftance enfin fembloit les féparer;

Et vous-même , après tout , qui peut vous affurer
Que Scanderberg ofàt ?. . . .

MAHOMET.

Rapelle à ta mémoire
Ce jour que confacra fa première victoire ,
Lorfque ces deux Perfans défioient au combat
Les plus hardis Guerriers de la Cour d'Amurat ;
Tous pâliffoient d'effroi, tous gardoient le filence ,
Le jeune Scanderberg au milieu d'eux s'élance ,
Et terraffant bientôt l'un & l'autre agreffeur ,
Il les traîne expirans aux genoux de ma fœur :
On fait que , fur un fexe auffi vain que timide ,
Rien n'a plus d'afcendant qu'un Guerrier intrépide ;
Une femme , charmée à l'afpect d'un vainqueur ,
Croit partager fa gloire en partageant fon cœur !
A cet inftant fatal j'obfervai la Princeffe ,
Son trouble & fa rougeur m'apprirent fa foibleffe ;
De ce nouveau triomphe encor plus orgueilleux
Scanderberg , dès ce jour, me devint odieux ,
Soit que de cet amour , qui troubloit ma penfée ,
La fierté de mon fang fût juftement bleffée ;
Soit que d'un tel Amant l'efpoir audacieux
Ait femblé m'anoncer un jeune ambitieux ;
Soit crainte , foit dépit , tout mon cœur le détefte :
Son nom même paroît devoir m'être funefte !
Quand mon père , excité par la publique voix ,

L'en voulût honorer, pour prix de ses exploits;
Dès-lors je l'entendis comme un sinistre augure;
Je trouvai qu'à moi-même on faisoit une injure;
En effet, si ce nom lui dut être donné;
Eh! quel autre assez beau me seroit destiné,
Si, remplissant un jour les projets où j'aspire,
J'osois jusqu'aux deux mers étendre mon empire,
Si, Conquérant heureux, j'osois d'un bras puissant
Sur les murs de Bysance arborer le croissant?
Car tel est mon destin, Osman, si j'en veux croire
Un fier pressentiment, sûr garant de ma gloire!
Mais, lorsque mon esprit, plein d'un espoir flatteur,
S'occupe à méditer sa future grandeur,
Soudain de Scanderberg l'idée involontaire
Fait fuir de mon bonheur l'image passagère.

OSMAN.

C'est peut-être du ciel un favorable avis;
Chez les plus dangereux de tous vos ennemis
Ce fameux Scanderberg a reçu la naissance;
On dit qu'à des Chrétiens on ravit son enfance,
Et même, si j'en crois de vulgaires récits,
Il fut près de ces lieux par nos soldats surpris.

MAHOMET.

Si d'un sang ennemi la source détestée,
Aux regards d'Amurat pouvoit être attestée,

Ce feroit un prétexte à demander fa mort ;
Mais une nuit profonde environne fon fort :
Quoi qu'il en foit, ma fœur, dans l'ardeur qui l'anime,
Peut-être à cet inftant m'enlève ma victime ;
Je connois fon pouvoir fur l'efprit d'Amurat.
Après m'avoir remis les rênes de l'Etat ,
Sans elle il n'eût ofé , remontant fur le trône ,
A mon front indigné reprendre fa couronne :
Cher Ofman , cet affront que je dois à ma fœur,
Toujours en traits affreux fe prefente à mon cœur !
Je l'ai diffimulé , je l'ai dû par prudence ;
Mais je n'en fuis pas moins altéré de vengeance !

OSMAN.

Seigneur , les nœuds du fang. . . .

MAHOMET.

Que font-ils en ces lieux ?
Entre Atalide & moi ces nœuds font odieux :
Ah ! combien de motifs allument ma colère !
Sa naiffance fut même un outrage à ma mère !
La Sultane Evamhé , de qui je tiens le jour ,
Seule avoit d'Amurat captivé tout l'amour ;
La mère d'Atalide , à fon orgueil fatale ,
Lui fit , après dix ans , connoître une rivale ;
Son cœur fut dévoré des plus cruels tranfports ,
La fombre jaloufie en brifa les refforts ;

Elle expira bientôt dans l'amertume affreufe
De rendre par fa mort une rivale heureufe !
Ofman, fes derniers mots, qu'à peine j'entendis,
Furent pour commander la vengeance à fon fils ;
Depuis, à mon courroux, la mort a fu fouftraire
D'une odieufe fœur la criminelle mère :
Mais par un tel récit au moins tu dois fentir
Qu'à jamais les enfans font nés pour fe haïr.
Qui fait même où ma fœur en fecret peut prétendre ?
Je ne lui foupçonnois qu'un fentiment trop tendre,
Et peut-être fon cœur pour fervir fes complots
A moins cherché l'Amant que l'appui du Héros :
Je faurai l'en priver ; s'il faut que fon adreffe
Du trop foible Amurat fubjugue la vieilleffe,
S'il faut de Scanderberg qu'elle brife les fers,
(Je ne balance plus, les momens font trop chers)
S'il eft libre, qu'il meure, & déformais tranquille,
A mes vœux étendus je croirai tout facile ;
Après ce coup, tentant de plus nobles hafards,
Tandis qu'Amurat cherche à forcer ces remparts,
De la foumiffion rompant les triftes chaînes,
De l'Empire Ottoman je cours faifir les rênes.

Fin du premier Acte.

ACTE II.

SCÈNE PREMIÈRE.

ATALIDE, NISSA.

ATALIDE, *sortant de la tente d'Amurat.*

QUE ta vaine frayeur soit enfin dissipée,
Nissa, je n'ai point vu mon attente trompée,
Mon père rend justice au Héros que je sers ;
L'ordre m'en est remis, je vais briser ses fers,
Et j'ai même obtenu qu'en ces lieux on l'amène
Encor chargé du poids de son indigne chaîne,
Pour lire la première, en cet heureux moment,
La surprise & la joie au front de mon amant.

NISSA.

Du succès de vos soins mon cœur vous félicite ;
Mais un objet encor m'inquiète & m'agite ;
Pour sauver Scanderberg, vos efforts indiscrets
Auront de votre amour révélé les secrets ?

ATALIDE.

Hali, par ses discours secondant ma prière,

A banni les foupçons que fit naître mon frère ;
Amurat reconnoît qu'un fentiment jaloux
Seul avoit de fon fils allumé le courroux,
Et que de Scanderberg la valeur indomptable,
A nos feuls ennemis jufqu'alors redoutable,
Loin de languir ici dans la honte des fers,
Devroit plutôt fervir à venger nos revers ;
Que, d'ailleurs, ce Guerrier, devînt-il même un traître,
Seroit peu dangereux alors qu'il voudroit l'être ;
A fes parens ravi dès fes plus jeunes ans,
Élevé, confondu parmi des Mufulmans,
Il ne fent, il ne veut, il ne voit que la gloire,
Le refte eft pour jamais banni de fa mémoire.
Mais, ma chère Niffa, de fa fidélité,
Si mon père, à mes yeux, eût trop longtems douté,
Oui, j'aurois avoué notre amour comme un gage
De la foi d'un Héros que le foupçon outrage.
Mais, fans un tel aveu, j'ai détruit fon erreur,
Mon fecret eft encor tout entier dans mon cœur,
Et toi feule, Niffa, tu connois la tendreffe
De ce cœur trop épris, mais grand dans fa foibleffe.

NISSA.

Je rends graces au Ciel, qu'il vous ait épargné
des aveux dont, fans doute, Amurat indigné,
Bien loin de vous laiffer défarmer fa vengeance,
Sur Scanderberg lui-même eût puni l'imprudence.

                                        Ah !

Ah! Madame, ceſſez d'entretenir l'eſpoir
Qu'Amurat, par vos pleurs ſe laiſſant émouvoir,
Daigne approuver jamais une indiſcrette flâme,
Que l'orgueil défendoit & que la vertu blâme;
Songez que Scanderberg, dans ſes obſcurs deſtins,
Né ſaurait s'allier au ſang des Souverains.

ATALIDE.

Si je crois ſa naiſſance à la mienne inégale,
C'eſt un Héros, la gloire en remplit l'intervale!
(*) Et même, cet Empire a vu plus d'un Sultan,
Sans penſer faire injure à l'orgueil Ottoman,
Faire entrer un Sujet au ſein de ſa famille,
Par le don glorieux de ſa ſœur ou ſa fille.
D'ailleurs, tu ne ſais pas, Niſſa, quels ſont mes droits
Pour oſer de mon cœur faire entendre la voix:
Des intrigues des Cours, & témoins, & victimes,
Vous n'en ſauriez ſouvent pénétrer les abîmes,
Vous baiſſez devant nous vos regards incertains,
Sans voir d'où part le coup qui change vos deſtins.
Mon père, dégoûté de ſon pouvoir ſuprême,
Sur le front de ſon fils poſa le diadême,
Tu le ſais: mais bientôt un amer repentir
Vint troubler ſa retraite; il en voulut ſortir,

(*) Les quatre Vers ſuivans, retranchés par la demoiſelle
Sainval, doivent abſolument être rétablis; ils ſervent à
motiver l'eſpoir & les démarches d'Atalide.

B

Je connus ſes regrets, & ma tendreſſe active
Réunit en ſecret la troupe fugitive
De ſes plus chers amis, par ſon fils oubliés,
Ou même indignement dans l'exil envoyés :
Du Janiſſaire altier pratiquant les cohortes,
D'Andrinople je ſus lui faire ouvrir les portes,
Et ſon ſceptre en ſes mains ſubitement remis,
Il força Mahomet de lui reſter ſoumis ;
Pour mes ſoins fortunés, plein de reconnoiſſance,
Il jura d'accorder, à ma premiere inſtance,
Ce qui pourroit flatter les deſirs de mon cœur :
J'aurai donc pû, ſans crainte, en déclarer l'ardeur ;
Mais non ; je veux encor que quelqu'autre victoire
Entoure Scanderberg d'une nouvelle gloire,
Et qu'il paroiſſe enfin ſi grand à tous les yeux,
Que l'Univers entier applaudiſſe à nos nœuds.

NISSA.

Mais, ne tremblez-vous pas d'irriter votre frère ?
Scanderberg fut toujours l'objet de ſa colère ;
S'il apprend vos deſſeins, emporté, furieux,
Il pourra d'un poignard le frapper à vos yeux.

ATALIDE.

Je connois Mahomet, & s'il étoit mon maître,
Moi-même, en cet inſtant, j'expirerais peut-être ;
Scanderberg n'eſt pas ſeul l'objet de ſon courroux,

Il ne me garde point des sentimens plus doux ;
Et c'est par ce motif que quelquefois mon ame,
Pour se justifier tout l'excès de sa flame,
Aime à prévoir, qu'un jour devenu mon appui,
Ce Héros me rendra ce que je fais pour lui ;
Ainsi l'amour, plus fort par la reconnoissance,
D'un bienfait espéré fait le payer d'avance.

NISSA.

Ah ! cet appui, Madame, y devez-vous compter ?
Comment à Mahomet pourra-t'il résister,
Alors qu'il deviendra le maitre de l'Empire ?

ATALIDE.

Tandis qu'Amurat règne, & tandis qu'il respire,
Je veux qu'à Scanderberg il assure un tel sort
Que rien ne soit pour nous à craindre après sa mort.
(†) Enfin, en prenant soin d'unir nos destinées,
Ce sera, je le crois, les rendre fortunées ;
Ce Héros saura bien se conserver un rang
Soutenu par son bras, illustré par mon sang ;
Mais dût-il, écrasé sous les coups de mon frère,
Subir des malheureux le destin ordinaire,
Je n'en voudrois pas moins, par les plus forts liens,
Lui consacrer mes vœux & fixer tous les siens.

(*) Encore une coupure dont je ne sens pas la raison.

B 2

Que ne peux-tu, Niſſa, voir au fond de mon ame,
Son image adorée, empreinte en traits de flame!
Et comment t'exprimer le pouvoir d'un amour
Dont l'attrait invincible augmente chaque jour?
Combien il eſt aimé!... mais combien il doit l'être!...
Nomme-moi des vertus qu'il n'ait point fait paroître!
Les armes à la main, ſuperbe, menaçant!
Hors des combats, ſenſible, humain, compatiſſant!
Comme lui, Mahomet annonce un grand courage,
Comme lui, Mahomet eſt à la fleur de l'âge;
Mais, quelle différence entre ces deux Guerriers!
De l'un il faut haïr tout, juſqu'à ſes lauriers!
L'autre, encore plus aimable au ſein de la victoire,
Même à ſes ennemis fait pardonner ſa gloire!
L'un annonce à la Terre un farouche opreſſeur;
L'Univers conſolé voit dans l'autre un vengeur!
Mais ma chère Niſſa, (ce qui va te ſurprendre,)
Le plus fier des mortels eſt auſſi le plus tendre!
Il abjura, pour moi, ce partage odieux
Qu'en nos mœurs autoriſe un droit injurieux;
Femme, & non pas eſclave! à mon époux égale,
Je ne connoîtrai point l'afront d'une rivale,
Seule j'aurai ſon cœur, & je l'aurai toujours!
Et toi, Dieu qui m'entends, daigne trancher mes jours
Avant que Scanderberg, oubliant Atalide,
Porte à quelqu'autre objet un hommage perfide!

On vient.

ATALIDE, *regardant vers la couliſſe à gauche,*
   & ſe rangeant à droite.

   C'eſt lui ! Niſſa, vois cet air menaçant ;
Vois ſous le poids des fers, ce Héros frémiſſant !

━━━━━━━━━━━━━━━━━━━━━━━━━━━━━━━━━━

SCÈNE II.

SCANDERBERG, ATALIDE, NISSA,
Troupe de Muets & de Gardes.

SCANDERBERG, *enchaîné.* (*Il entre en re-*
culant & ſe mettant en attitude de défenſe.)

EH bien ! que tardez-vous ? venez, vils ſatellites,
Exécutez les loix que l'on vous a preſcrites ;
Venez, ſi vous l'oſez ; mais ne prétendez pas
Que je m'offre en victime au ſignal du trépas ;
Du moins, pour inſulter des tyrans que j'abhorre,
Avant que de périr, ces mains pourront encore (*)
De l'un de mes boureaux faire couler le ſang,
L'étouffer dans mes bras, ou déchirer ſon flanc.

━━━━━━━━━━━━━━━━━━━━━━━━━━━━━━━━━━

(*) Ce dernier hémiſtiche avoit, ſans doute, déplu à
M. *Larive* ; je l'ai trouvé ainſi changé ſur ſon rôle : *Je*
pourrai bien encore, &c. Je ne veux point de ce chan-
gement.

         B 3

ATALIDE.

Calme-toi, Scanderberg!

SCANDERBERG, *se détournant.*

Ciel! qu'entends-je? Est-ce un songe,
Fruit de l'égarement où la fureur me plonge?....
Avec désespoir.
Madame, éloignez-vous.

ATALIDE.

Quoi! tu peux me revoir,
Et dans ton cœur encor ne pas sentir l'espoir!
J'accours te délivrer. Ministres de vengeance,
Que ses fers, à l'instant, tombent en ma présence.
(*Elle présente un papier, que le Chef des Gardes
prend en s'inclinant.*)
C'est l'ordre d'Amurat..... vous le reconnoissez?
A la voix de sa fille, Esclave, obéissez.
(*On détache les fers de Scanderberg.*)

SCANDERBERG.

O bonheur imprévu! Quoi! ma chère Atalide!...
Quel Ange protecteur jusqu'en ces lieux vous guide?
Souffrez qu'à vos genoux je consacre l'emploi
De cette liberté que vos soins.....

ATALIDE.

Lève-toi,
Ce qu'aujourd'hui je fais pour le Héros que j'aime,

Je le fais pour l'honneur, pour l'amour, pour moi-même ;
Dès l'instant où deux cœurs brûlent des mêmes feux,
Soins, crainte, espoir, dangers, tout est commun entr'eux,
Et de leurs sentimens la douce intelligence
Confond & le bienfait & la reconnoissance.
Quand l'amour ne t'eût pas assuré mon secours, (*)
J'aurois mis mon devoir à veiller sur tes jours ;
Laisser dans le malheur la vertu qu'on oprime,
De ses persécuteurs c'est partager le crime.
Mais, dis-moi : dans ces fers dont s'indignoit ton cœur,
Rien n'a-t-il su jamais en adoucir l'horreur ?
Quelquefois mon image, à tes yeux retracée,
N'a-t-elle pas du moins consolé ta pensée ?....
Prononçois-tu mon nom ? invoquois-tu l'amour ?...
Formois-tu quelques vœux pour me revoir un jour ?

SCANDERBERG *vivement.*

Ciel ! si j'en ai formé ! n'en doutez pas, Madame ;
Mais ces vœux ne servoient qu'à déchirer mon ame.
Moi, que l'on vit toujours au milieu des combats
Contempler d'un œil fixe & braver le trépas,
Je l'avoûrai, vaincu par de tendres allarmes,
A votre souvenir se mêloient quelques larmes ;
Et, quoique sans espoir d'échapper à la mort,

_____

(*) Encore quatre vers retranchés, qu'il faut rétablir,
comme un motif de plus pour le rôle d'Atalide.

Je redoutois l'inftant qui finiroit mon fort.

Mais auffi, quelquefois, en frémiffant de rage ;

Je fixois de mes fers l'infupportable outrage ;

Je n'avois plus de pleurs, & je fentois mon cœur

Se remplir par degrés d'une horrible fureur ;

J'appellois le trépas, j'invoquois la vengeance.....

A ces affreux tranfports un plus affreux filence

Succédoit tout-à-coup, & mes fens éperdus

Offroient à mes régards mille objets confondus.

Je voyois un vieillard, des bourreaux, des victimes,

Je fentois ces remords fombres vengeurs des crimes ;

Et cependant, Grand Dieu, vous favez qu'en effet

Ma main ne fe fouilla jamais d'aucun forfait !

Je vous dirai bien plus : accablé fous mes chaînes,

Cette nuit le fommeil ayant trompé mes peines,

J'ai cru voir,..... oui, j'ai vu ce Prophéte facré,

Trahi par les Hébreux, des Chrétiens adoré.....

Des cachots fa préfence a banni les ténèbres ;

J'ai vu fuir devant lui les fantômes funèbres ;

Il m'a tendu les bras, & dans le même inftant

J'ai trouvé fous ma main un fer étincellant ;

A peine je l'ai pris, que le même preftige

M'a fait voir votre frère..... à ce nouveau prodige

J'ai voulu, n'écoutant qu'un trop jufte courroux,

A mon perfécuteur porter les premiers coups ;

Mais le réveil chaffant une trop vaine image,

Il ne m'eft rien refté que mes fers & ma rage !

ATALIDE.

D'un songe fatiguant laisse le souvenir ;
De plus grands intérêts je veux t'entretenir.
Mais j'apperçois mon père, avec lui je te laisse ;
Ménage tes discours , & songe à ma tendresse.

(*Elle rentre dans la tente d'Amurat.*)

SCÈNE III.

AMURAT, MENECLAS, SCANDER-BERG, HALI, *Suite.*

AMURAT, *sortant de sa tente..*

SCANDERBERG , de mon cœur le soupçon écarté ;
Je t'ai fait aussitôt rendre ta liberté ;
Mais de ce qu'a souffert ton orgueilleux courage
Je prétends qu'à nos yeux ce jour te dédommage ;
On répare l'affront dont rougit un guerrier
En lui faisant cueillir quelque nouveau laurier.
Je veux , de ta prison effaçant la mémoire ,
R'ouvrir devant tes pas le sentier de la gloire ;
Écoute ce vieillard. Croïa veut confier
Son salut au hasard d'un combat singulier ;
Sous mes loix l'Albanie avec elle rangée.....

M E N E C L A S.

Oui, Sultan, & ma foi vous en eſt engagée ;
Mais j'oſe auſſi prétendre à celle d'Amurat
Sur les conditions que je mets au combat :

　　　(*Montrant Scanderberg.*)

Jurez, ſi ce Guerrier tombe en notre puiſſance,
D'abandonner ſoudain vos projets de vengeance,
Sans vouloir, malgré.nous, ſuccéder à nos Rois,
Et corrompre nos mœurs, notre culte & nos loix.

A M U R A T.

J'y conſens & crains peu que Scanderberg ſuccombe ;
Mais je veux dans Croïa, ſi ſon défenſeur tombe,
Je veux, en l'accablant du poids de ma fureur, (*)
Dans ſes murs embrâſés ſemer par-tout l'horreur ;
Je ne veux épargner ni le ſexe, ni l'âge ;
Que tout meure ou ſubiſſe un cruel eſclavage ;
Que tout ſerve d'exemple à la poſtérité
Comme je fais traiter un Peuple révolté !

M E N E C L A S.

Révolté ! c'eſt ainſi qu'Amurat nous appelle !
Qui ne fut point ſoumis ne peut être rebelle.
Ce Peuple vous a-t-il reconnu pour ſon Roi ?
Quels traités, quels ſermens vous ont donné ſa foi ?

(*) Coupure dont je ne me ſuis pas plains, parce que
je ne tiens qu'aux choſes eſſentielles.

Vous vainquîtes Ivan ; mais il garda son trône ;
Son front jusqu'à sa mort a porté la couronne ;
Vos armes de son règne avoient troublé le cours ;
Mais son Royaume encore existe après ses jours ;
A ses fils il laissa nos cœurs pour héritage...

AMURAT.

Ses fils ! ils ne sont plus , ils sont morts en ôtage ;
Ils m'ont transmis leurs droits.....

MENECLAS.

> Non pas à vous , Seigneur.

AMURAT.

A quel autre en effet plus digne ?....

MENECLAS *vivement.*

> A leur vengeur !

AMURAT.

Ton insolente audace a lieu de me déplaire,
Et je saurois punir un discours téméraire
Si je ne préférois te réserver aux coups
Dont j'espère à Croïa signaler mon courroux.
Mais c'est trop retarder à la voir ma conquéte,
Retourne à ta Cité, que son Guerrier s'apprête....

SCANDERBERG, *à Meneclas.*

Qui combattra pour elle ?

MENECLAS.

> Un Guerrier renommé ;

Dans les champs d'honneur à vaincre accoutumé,
D'un courage indompté portant la noble empreinte,
Tel que l'on puisse enfin vous l'opposer sans crainte.

SCANDERBERG.

De celui dont si haut vous vantez la vertu
Le nom jusques à nous n'est-il point parvenu ?

MENECLAS, *d'un ton contraint.*

Son nom ! .... Je ne dois pas le faire ici connoître ;
Mais si vous l'appreniez vous trembleriez peut-être.

SCANDERBERG.

Avec impétuosité.   *Avec mépris.*
Moi ! trembler ! moi ! ,... Vieillard !

MENECLAS.

     Quoiqu'il en soit, Seigneur,
L'espoir des Albanois réside en sa valeur ;
C'est pour lui que Croïa , ferme dans sa défense ;
De l'Empire Ottoman a bravé la puissance ;
N'exigez point de moi des aveux déplacés ,
Il est du sang d'Ivan ; c'est vous en dire assez.

AMURAT.

Que dis-tu ? De ce sang j'exterminai le reste.

MENECLAS.

Un rejetton survit & vous sera funeste ;
L'instant en est venu , je m'en flatte du moins ;
Et cours , dans cet espoir , le hâter par mes soins.

Pour que d'aucun détour ma foi ne fe foupçonne,
Je veux du Prince Ivan apporter la couronne
Et les clefs de Croïa fur le lieu du combat.
A Scanderberg.   (*Avec une forte d'ironie.*)
Venez les conquérir.... pour l'heureux Amurat.

SCANDERBERG.

J'irai, n'en doutez pas, & vous ferai connoître
Que mon bras fans effort faura s'en rendre maitre.

MENECLAS, *avec joie.*

C'eft tout ce que je veux!   (*Il fort avec action.*)

SCANDERBERG.

                    Ses difcours m'ont furpris;
Il fembloit me braver.

SCÈNE IV.

MAHOMET, AMURAT, SCANDERBERG.

MAHOMET. (*Il fe place à la droite d'Amurat.*)

                    AH! Seigneur, qu'ai-je appris?
Quoi! fans plus écouter les loix de la prudence,
D'un Soldat, contre moi, foutenant l'arrogance,
Vous m'expofez encore à revoir dans ces lieux
Un mortel dont l'afpect a fatigué mes yeux.

SCANDERBERG, avec une fureur concentrée.

Si c'est moi qu'à ces traits l'on doive reconnoître,

J'oserai....

AMURAT, *à Scanderberg.*

Scanderberg, crains de braver ton maître,

Je ne veux point avoir de crimes à punir.

(*A Mahomet.*)

Quel langage imprudent venez-vous de tenir ?

Quoi ! ne déguisant plus une jalouse rage,

Vous osez devant moi lui faire un tel outrage !

Vous, héritier du trône ! & prendre pour objet

D'une haine éfrénée, un vertueux Sujet,

Dont la fidélité ne peut être suspecte,

Que, vous seul excepté, tout l'Empire respecte.

Ah ! si de vos guerriers vous vous montrez jaloux,

De votre trône un jour quels soutiens aurez-vous ?

Pour un Prince ombrageux que la gloire importune,

Qui voudra prodiguer son sang & sa fortune,

Si la valeur n'obtient d'un Monarque envieux

Qu'un dédain outrageant, ou des fers odieux ?

Aimez, aimez la gloire, & souffrant dans un autre

Un desir qui ne sert qu'à croître encor la vôtre,

Songez que pour fixer les yeux de l'Univers,

Le Prince & le Sujet ont des chemins divers.

(*Amurat va pour rentrer dans sa tente, parle bas*

à Hali, & lui fait un signe qui lui indique de

ne point quitter Scanderberg ; mais cela se fait
pendant la replique de Mahomet.)

SCÈNE V.

MAHOMET, SCANDERBERG, HALI.
(Hali est entr'eux.)

MAHOMET, *à Scanderberg.*

EH bien ! qu'à tes exploits l'Univers applaudisse ;
Mais ton orgueil est tel qu'il faut qu'on le punisse,
Et je verrai toujours d'un regard irrité
D'un sujet, quel qu'il soit, l'insolente fierté.

SCANDERBERG *vivement.*

La fierté ! si c'est là le plus grand de mes crimes ;
C'est celui des Héros, des ames magnanimes ;
Quand la valeur inspire un pareil sentiment,
Des plus hautes vertus c'est le noble aliment.
Cette même fierté qui cause votre haine,
Je sais la conserver dans la sanglante arêne ;
Mais s'il faut devant vous prendre un front plus soumis,
Craignez qu'il ne me reste avec vos ennemis.

MAHOMET.

Quoi ! n'est-il que ton bras qui les sache réduire ?
Es-tu le seul Guerrier qui soit dans cet Empire ?

HALI.

Des guerriers tels que lui font un don précieux
Rarement obtenu de la faveur des Cieux.
Seigneur, loin de vouloir rabaisser son courage,
Il faut, en ce moment, l'animer davantage;
Apprenez que ces murs, ces remparts menaçans,
Qui bravoient jusqu'ici nos efforts impuissans,
De Scanderberg lui-même à l'instant vont dépendre.
Entre tous les Chrétiens, armés pour les défendre,
Un des plus courageux, osant le défier,
Offre Croïa pour prix d'un combat singulier.

MAHOMET.

Qu'il combatte s'il veut ; ce prix qu'il le remporte....

SCANDERBERG.

Votre haine, Seigneur, n'en sera pas moins forte,
Je le sais.....

MAHOMET.

Eh ! sur quoi devrois-je l'affoiblir ?
De ce nouvel honneur prompt à t'enorgueillir,
Si le bonheur te suit avec même constance,
Je sens qu'il doit encor croître ton insolence ;
Et tes Maîtres bientôt auront à regretter
L'éclat qu'à ton audace ils n'ont pas dû prêter.

SCANDERBERG.

Non, Seigneur, & malgré ce que je viens d'entendre,
Mon sang n'en est pas moins tout prêt à se répandre,
Combattre

Combatre eſt mon devoir , & je vais le remplir ;
Mais je ſais à la fois obéir..... & haïr.

    (*Avec explosion.*)

Oui, te haïr , Tyran , car c'eſt trop me contraindre ;
Le reſpect, s'il t'eſt dû , tu forces à l'enfreindre !
Arbitre de mon ſort , par le droit des brigands ,
Quels reſpects , quel honneur doit-on à ſes Tyrans ?
Ah ! ſi la haîne rend la haîne légitime ,
Ajoute, s'il ſe peut , à celle qui t'anime ,
Mon cœur, bien éloigné de la vouloir calmer ,
Seroit au déſeſpoir s'il lui falloit t'aimer !
Je ſens que je me perds , & qu'un jour ſur le trône
Tu ne connoîtras point la vertu qui pardonne ;
Mais jamais , Mahomet , tu ne ſeras mon Roi ,
Et j'aime mieux périr que dépendre de toi.
Je te vois & pâlir & friſſonner de rage ,
Tu cherches des tourmens dignes d'un tel outrage ,
Va , je les brave tous : couvre-toi de mon ſang ,
Ma main eſt déſarmée & je t'offre mon flanc ;
Frappe, & par un tel coup fais connoître à la Terre
De ton règne à venir le ſanglant caractère !

    M A H O M E T , *avec un geſte menaçant.*

Ah ! ſi partout ailleurs tu m'avois adreſſé.....

         H A L I , *le retenant.*

Pardonne ce tranſport à ſon orgueil bleſſé ;
Il s'eſt vû dans les fers , menacé du ſuplice.

                         C

Le fentiment profond d'une grande injuftice
Egara quelquefois le cœur le plus foumis ;
La vertu fouffre tout, excepté le mépris.
(*A Scanderberg.*)
Toi, dont je blâme ici l'impétueufe audace,
Sous les murs de Croïa viens mériter ta grâce.

MAHOMET.

(*Avec fureur.*)   (*Se remettant.*)
Sa grâce !... il me fuffit.... Je conçois qu'en effet
C'eft en ce lieu qu'il doit expier fon forfait ;
Va, Scanderberg, pourfuis tes hautes deftinées....
Si l'on voit du fuccès tes armes couronnées.....
Je fais, à ton retour, l'accueil que je te dois,
    (*A part, en s'en allant.*)
Et tu m'auras bravé pour la dernière fois.

SCÈNE V.

SCANDERBERG, HALI.

SCANDERBERG.

IL ne m'abufe point par cet obfcur langage.....

HALI.

C'eft trop de fa colère occuper ton courage ;

Viens; fonge à vaincre, & crois qu'Amurat déformais
Ne mettra plus pour toi de borne à fes bienfaits.

SCANDERBERG.

Au milieu des dangers quand un guerrier s'élance,
Il y cherche l'honneur & non la récompenfe;
Des charmes de la gloire un cœur vraiment épris
De fes brillans travaux ne veut point d'autre prix!

(*Ils rentrent dans une tente oppofée à celle
d'Amurat.*)

Fin du fecond Acte.

ACTE III.

SCÈNE PREMIÈRE.

SCANDERBERG, *seul.*

ATALIDE en ces lieux veut me voir un moment.
La gloire accuſe en vain un tel retardement ;
De ſes ordres mon cœur faiſant ſa loi ſuprême,
N'en voudroit recevoir que de l'objet qu'il aime,
Je l'avoue, & ne ſais ſi c'eſt crime ou vertu ;
Mais l'orgueil, en mon ſein vainement combattu,
Du joug des Ottomans & s'irrite & ſe laſſe.
Mon ſort m'eſt peu connu ; mais du moins mon audace,
Servant avec ennui des maîtres odieux,
Regrette les lauriers qu'il faut cueillir pour eux.
Quoique mon cœur ſe plaiſe au tumulte des armes,
La victoire à mes yeux n'a plus les mêmes charmes,
Et même, en cet inſtant où mon bras va fixer
Les deſtins de Croïa, je ſemble balancer ;
J'ignore quel motif, malgré la palme offerte,
Me fait tout-à la fois craindre & chercher ſa perte.

SCÈNE II.

ATALIDE, SCANDERBERG, NISSA,
UNE ESCLAVE qui porte un fabre.

ATALIDE, *Sortant de la tente d'Amurat.*

J'AI voulu te revoir avant ce grand combat ;
Ne crois pas qu'oubliant l'intérêt de l'Etat,
D'une amante craintive affectant les allarmes,
Je vienne devant toi les yeux remplis de larmes,
Te peindre mes frayeurs dans un lâche entretien ;
Non, Scanderberg, mon cœur est plus digne du tien.
S'il doit ses premiers feux à ta première gloire,
Il veut te préparer ta nouvelle victoire ;
        (*Elle lui présente le fabre.*)
Prend ce fer de ma main, & que dans les combats,
Ainsi que la valeur, l'amour guide ton bras.

SCANDERBERG.

Ce prix dont vous daignez honorer mon courage,
        (*Il prend le fabre.*)
Je l'accepte, & brûlant d'en signaler l'ufage,
Je veux le rendre un jour si fameux par ses coups,
Que les plus grands Guerriers en deviennent jaloux ;

(*) Que, toujours le trépas fidele à fon atteinte,
Son feul afpect imprime une funefte crainte,
Qu'enfin par fon effort tout cédant, abattu,
D'un pouvoir plus qu'humain il femble revêtu.

ATALIDE.

Que j'aime à contempler cet orgueilleux courage !
D'un éclatant fuccès l'inftrument & le gage ;
Mais je fens qu'en ces lieux c'eft trop te retenir,
Le laurier qui t'attend va, vole l'obtenir ;
Et revenant aux pieds de mon père & ton maître,
En ce jour de triomphe ofe faire connoître
Tous les vœux qu'Atalide a permis à ton cœur ;
Je réponds d'Amurat fi tu reviens vainqueur.

SCANDERBERG.

Ah ! de quel noble efpoir vous rempliffez mon ame !
Et l'amour & la gloire y confondent leur flâme ! \
Ce bras, rendu par eux plus terrible & plus fort,
Jamais d'un coup fi prompt n'aura donné la mort.

(*) Les quatre vers fuivans, retranchés par M. *Larive*,
doivent être rétablis, puifqu'ils ont le mérite de faire allufion
à la tradition reçue, que le fabre de Scanderberg étoit enchanté.
Voyez à ce fujet, tous les Hiftoriens qui ont parlé d'Amurat II, de Mahomet II & de Scanderberg. M. *Larive* ne l'igno-
roit pas ; j'avois pris foin d'en faire une note fur fon rôle.

Eh ! qui réſiſteroit au tranſport qui me guide ?
Scanderberg eſt armé par la main d'Atalide !
(*) Tremble, qui que tu ſois, Guerrier préſomptueux,
Redoute de ce fer l'effort impétueux ;
Et toi, Cité ſuperbe, à périr condamnée,
Atalide a d'un mot fixé ta deſtinée.
Adieu, Madame, adieu ; je cours rendre ce jour
Favorable à la gloire & propice à l'amour.

SCÈNE III.

ATALIDE, NISSA.

ATALIDE.

Tandis qu'il va combattre, allons trouver mon père,
Préparons ſes eſprits à l'aveu qu'il doit faire ;
Peut-être j'en crois trop un doux preſſentiment,
Mais je penſe, Niſſa, que ſans étonnement
Amurat apprendra.....

NISSA.

Votre frère s'avance.

(*) Encore quatre vers retranchés, je ne ſais pourquoi,
ſi ce n'eſt que, comme beaucoup d'autres de cet Ouvrage,
ils étoient plus aiſés à ſupprimer qu'à bien dire.

ATALIDE.

Evitons-le.....

SCÈNE IV.

MAHOMET, ATALIDE, NISSA.
(*Il entre par la droite.*)

MAHOMET, *arrêtant Atalide.*

POURQUOI fuyez-vous ma préfence?
Le guerrier, par vos foins fouftrait à mon couroux,
(*Avec ironie.*)
A-t-il feul mérité des entretiens fi doux?
Ou plutôt craignez-vous que les regards d'un frère
Ne pénètrent trop bien un coupable myftère?
Raffurez-vous, Madame; étalez à mes yeux
Les *trop juftes* tranfports d'un penchant *glorieux,*
Avouez, *fans rougir*, les fecrets de votre âme.
Qui pourroit condamner une *fi noble* flâme?
Qui n'approuveroit pas que le fang d'Amurat
S'allie, *avec honneur*, à celui d'un Soldat,
D'un efclave inconnu, dont la vertu guerrière
L'a tiré du néant de fa vile carière?

ATALIDE.

Pourfuivez à loifir ce difcours infultant;

Accablez un Héros d'un mépris révoltant,
Déployez contre lui tous les traits de l'envie,
A l'inftant où pour vous il prodigue fa vie!
Vous ne furprendrez point mon efprit prévenu.
Mais enfin ce Soldat, ce mortel inconnu,
Cet Efclave, en un mot, *dont la vertu guerrière*
L'a tiré du néant de fa vile carrière,
Va feul exécuter ce que depuis deux mois,
Et vous, & votre armée avez tenté vingt fois,
Sans pouvoir obtenir que la honte en partage,
Malgré tous vos efforts & tout votre courage!

MAHOMET.

Peut-être ce fuccès dont fe flattent vos vœux,
Quoique vous prefumiez, eft-il encor douteux!
Attendez fon retour, fans exhalter d'avance
L'effet encor mal fûr de fa *rare* vaillance.
Des armes le deftin n'eft pas toujours égal,
Le jour commence heureux, il s'achève fatal; (*)

(*) Ce vers étant le feul que l'on ait cité, fans doute comme preuve du ftyle le plus incorreƈt & le plus barbare; je fuis bien aife d'affirmer ici, malgré l'avis des Folliculaires, qu'il eft très-correƈt & d'une conftruƈtion autorifée de tous tems en poëfie. J'en citerai, pour preuve, entre mille autres, ce vers de *Racine*, où la conftruƈtion eft précifément la même : *Tous les jours fe levoient clairs & fereins pour eux.*

Quelquefois, à l'inftant qu'il s'eft couvert de gloire,
Un Guerrier peut tomber de fon char de victoire.
Ne reffentez-vous pas ces fecrettes terreurs,
Ce trouble, du péril triftes avant - coureurs ?
Et, depuis quand, l'amour refpirant fans alarmes,
N'a-t-il plus de frayeurs, de foupirs, ni de larmes ?
Cependant, fi jamais vous avez dû trembler ! . . . .

ATALIDE, *avec inquiétude.*

Oui, je tremble en effet : vous m'avez fçu troubler,
Non point que du combat je redoute l'iffue,
Mais votre air, vos difcours, dans mon ame éperdue,
Impriment, malgré moi, l'épouvante & l'horreur !
Vous vouliez m'affliger. . . . Eh bien ! de ma douleur,
Si tel eft ton deffein, repais tes yeux, barbare :
Mais, dis-moi quel revers, quel piége fe prépare,
Parle, accable une fœur, l'objet de ton courroux,
Perce un cœur trop fenfible, il fe livre à tes coups.

MAHOMET.

Tu feras fatisfaite ! Imprudente Atalide,
Crois-tu donc qu'étouffant la haîne qui me guide,
Je devais te laiffer, tranquille en tes projets,
Des miens impunément détourner les effets ?
Je fais mieux me venger de ceux que je détefte ;

Scanderberg vâ périr.....

ATALIDE, *avec terreur.*

Ciel !

MAHOMET.

Ce combat funeste,
Ou vainqueur, ou vaincu, causera son trépas ;
Osman & vingt Guerriers observent tous ses pas ;
S'il échappoit aux coups d'un trop faible adversaire,
Soudain leurs traits lancés. . . .

ATALIDE.

Je reconnois mon frère !
Ah, traître !... Mais courrons en ce péril affreux,
Guidons à son secours tous les cœurs généreux.
(*Elle veut sortir.*)

MAHOMET.

(*L'arrêtant de force.*)
Arrête, & ne crois pas qu'à ton gré je te laisse
Prévenir par tes cris ma fureur vengeresse,
L'aveu que je t'ai fait seroit trop imprudent,
J'enchaîne ici tes pas jusqu'au retour d'Osman.

ATALIDE, *dans le plus grand désordre.*

Dieu !... Scanderberg !... Je meurs !... Ah ! tiran !... ah ! mon frère !...

Mon frère !.... Si ce nom peut fléchir ta colère,
Chez les autres mortels ce nom toujours si doux
N'aura-t-il donc jamais aucun charme entre nous,
Et ta sœur ?...

MAHOMET.

C'est en vain que ta bouche l'atteste,
Ce nom que j'ai juré de te rendre funeste ;
Ne crois pas m'attendrir par d'inutiles pleurs ;
Va, du fils d'Evamhé n'attends que des fureurs.

ATALIDE.

Eh bien ! contre moi seule exerce ta vengeance,
Punis-moi, s'il le faut, de ma triste naissance,
J'y consens ; ce poignard plonge-le dans mon sein ;
(*Du ton le plus suppliant.*)
Mais renonce à ce prix à ton affreux dessein,
Pardonne à Scanderberg ; en changeant de victime,
Toi-même sous ses pas cours refermer l'abîme....
Tu ne m'écoutes point ! .... Je t'implore sans fruit,
Je te supplie en vain, cependant le tems fuit !
(*Elle s'y jette.*)
Et tandis que j'expire à tes pieds que j'embrasse,
(*Se relevant avec un cri de terreur.*)
Peut-être en ce moment...Ah ! tout mon sang se glace,
Le crime est consommé ! je le sens à l'horreur

Qui vient de redoubler dans le fond de mon cœur.

MAHOMET.

(*) Ah! ce preſſentiment, je l'accepte avec joie.

ATALIDE.

Monſtre, que tardes-tu? cours, va ſaiſir ta proie,
D'un reſte de chaleur cours épuiſer ſon flanc,
Tandis qu'il coule encor, baigne-toi dans ſon ſang;
D'un infâme aſſaſſin déployant l'ame atroce,
Va, ce ſpectacle manque à ta rage féroce:
Mais, non; reſte en ces lieux, contemple mes ennuis,
Mon aſpect doit te plaire, en l'état ou je ſuis;
Un tiran comme toi, profond dans l'art des crimes,
Sait, en n'en frappant qu'une, égorger deux victimes.

(*Elle tombe dans les bras de Niſſa.*).

MAHOMET.

Téméraire, où t'emporte un inſolent diſcours?
De tes lâches regrets, ſuſpends ici le cours,
Ou plutôt, donne-leur une libre carrière;
J'ai vu ton déſeſpoir, ma vengeance eſt entière!
En perdant Scanderberg, je ſerois moins charmé,
Si je n'avois connu combien tu l'as aimé!

(*) Je ne devine pas pourquoi des dix-huit vers ſuivans,
les Comédiens n'en ont laiſſé que quatre.

Je jouis de tes pleurs, je jouis de ta peine,
Je rends grace à l'amour, qui sert si bien ma haîne!

ATALIDE, *revenant à elle.*

Tu rends grace à l'amour!.. Ah! je sens qu'à jamais
Il deviendra pour toi le signal des forfaits!
Et s'il faut qu'il embrâse un jour ton cœur farouche,
J'en atteste son nom, profané par ta bouche,
Puisse-t-il, devenant mon trop juste vengeur,
Pénétrer tous tes sens d'une horrible fureur!
Que, loin de t'enivrer de cet atrait suprème,
Qui charme & qui console au sein du malheur même,
Il assiége ton cœur des plus sombres ennuis;
Que d'horribles transports en soient les premiers fruits;
Et lorsque, pour l'objet de ta funeste flâme,
Les plus cruels combats auront brisé ton âme,
Toi-même, dans son sein enfonçant le couteau,
Change le nom d'amant en celui de boureau;
Qu'après ce coup affreux, l'amour, plus fort encore,
De remords éternels t'accable & te dévore;
Et que, pour te punir, sans cesse à ton côté,
Il place sur ton trône un spectre ensanglanté!
Voilà tous mes souhaits, voilà mon espérance!....
    (*Courant vers Amurat.*)
Ciel! mon père! ô bonheur!....

SCÈNE V.

AMURAT, & les Acteurs précédens.

(*) ATALIDE, *montrant Mahomet.*

SEIGNEUR, de fa vengeance
Prévenez les effets, il vient de l'ordonner !...
Apprenez.... Scanderberg... on va l'affaffiner !

AMURAT.

Qu'entends-je ?

ATALIDE.

Un piége affreux... mais non, je cours moi-même...
(*Lorfqu'elle veut fortir, elle rencontre Hali vers le*
fond du théâtre; elle s'écrie, en le prenant par
la main & revenant avec lui :)
Hali, vit-il encor ? calme mon trouble extrême...

(*) Il faut que l'Actrice mette la plus grande chaleur dans
fon action & dans tout ce qu'elle dit, jufqu'au moment où
Hali lui répond. J'avois pris très-humblément la liberté de
le recommander á la demoifelle Sainval ; mais je fais, par
tous les détails que l'on m'a donné dé ce qui s'étoit paffé à
la repréfentation, qu'auffi-tôt après l'imprécation, elle ne
chercha plus à rendre les effets de fon rôle : fans doute que,
jufques-là, elle en avoit affez fait pour fon amour-propre, le
refte lui importoit peu.

SCÈNE VI.

HALI, & les Acteurs précédens.

HALI.

Oui, Madame.

MAHOMET, *à part.*

O fureur !

ATALIDE.

Eh! comment ce Héros
A-t-il pu se souftraire au plus noir des complots?
Comment du traître Ofman a-t-il trompé la rage?

HALI.

Madame, excufez-moi, j'entends peu ce langage ;
Permettez qu'adreffant mes récits au Sultan,
De tout ce que j'ai vu je l'informe à l'inftant.
(*Il gagne l'avant-Scène, & s'adreffe à Amurat*)
Seigneur, d'après ton ordre, & brûlant de t'inftruire
Le premier d'un fuccès que tout fembloit prédire,
Sans armes, vers Croïa, j'ai fuivi Scanderberg.
Soudain à nos regards Meneclas s'eft offert;
Il portoit dans fes mains des clefs, une couronne ;
Il étoit feul. Voyant que fon afpect l'étonne,

Il

Il crie à Scanderberg : « Tu cherches vainement
» Un plus digne adverfaire à ton reſſentiment;
» C'eſt moi qu'il faut combattre. » A ce hardi langage
Je vois de Scanderberg l'impatient courage
S'indigner qu'un vieillard, de forces épuiſé,
A l'ardeur qui l'anime offre un triomphe aiſé.
Cependant ce vieillard, qu'il rougit de combattre,
S'avance, & quand ſon bras héſite de l'abattre,
Il tombe à ſes genoux, diſant à haute voix :
« Je te ſalue enfin dernier ſang de nos Rois,
» Viens ceindre ſur ton front le ſacré diadême,
» Fils d'Ivan, à la mort arraché par Dieu même,
» Et compté trop longtems entre ſes ennemis;
» Viens ſauver à la fois ſon culte & ton pays. »

AMURAT *vivement.*

Sans doute Scanderberg, mépriſant l'impoſture,
Dans le ſang de ce fourbe a lavé cette injure ?

HALI.

Seigneur, à Meneclas l'auguſte vérité
Prêtoit en ce moment ſa ſainte majeſté;
Il paroiſſoit brûlant de ce zèle qui touche,
Son Dieu même ſembloit s'exprimer par ſa bouche;
Scanderberg, entraîné par un charme puiſſant,
Ou peut-être, en ſecret, guidé par ſon penchant,

D

L'a suivi vers Croïa.

(*) ATALIDE.

Ciel!

MAHOMET.

Le traître!

AMURAT.

Vengeance!

MAHOMET.

Voilà les fruits, Seigneur, d'une aveugle clémence.

ATALIDE.

Moi, je rends grace au Ciel, dès qu'il est échappé
Aux piéges dont en vain tu l'as enveloppé!
Il respire! il suffit à mon ame éperdue!
Je le perds, mais enfin, ta rage est confondue!

AMURAT.

Quel langage! & pourquoi?...

MAHOMET.

Seigneur, à ce discours
Reconnoissez l'objet de ses lâches amours,
La fille des Sultans brûloit pour ce perfide;

_____

(*) On ne peut mettre ici trop de vivacité dans les repliques, & je sais de bonne part qu'on y a mis beaucoup de lenteur.

Ils s'aimoient en secret.

AMURAT.

Le croirai-je, Atalide ?

ATALIDE.

Seigneur, si c'est un crime à l'orgueil de mon rang ;
Pour en laver la honte, exigez tout mon sang ;
Je ne me plaindrai point de vous le voir répandre ;
Il est à vous, Seigneur, vous pouvez le reprendre :
Mais, enfin, cet amour n'auroit point aujourd'hui
Privé l'Etat & vous d'un Guerrier votre appui ;
C'est toi seul, Mahomet, c'est ta haine obstinée
Qui seule a d'un Héros forcé la destinée ;
De tes cruels desseins pénétrant la noirceur,
Sans doute, il n'a voulu que fuir son oppresseur,
Il ne mérite pas l'infâme nom de traître,
J'en juge par mon cœur, Scanderberg ne peut l'être.

SCÈNE VII.

OSMAN, & les Acteurs précédens.

OSMAN, *à Mahomet.*

JE vous cherchois, Seigneur ; une flèche, à l'instant,
Des remparts de Croïa lancée auprès du camp,

En tombant à mes pieds, m'a fait voir une lettre,
Que mon zèle en vos mains a cru devoir remettre.

MAHOMET, *prenant la lettre & lisant haut.*

» Mahomet, je suis Roi; mais je n'aime ce rang
    » Qu'autant qu'il offre à mon courage
    » L'espoir de répandre ton sang.
    » Contre moi seul viens signaler ta rage,
» Ma naissance me rend enfin égal à toi;
» Scanderberg fils d'Ivan te défie & te brave;
    » Ne sais-tu qu'opprimer l'Esclave,
    » Sans oser combattre le Roi? «

Oui, je le combattrai! Ce doute injurieux
Alume dans mon sein un transport furieux;
Je veux, à tes regards, misérable Atalide,
Me montrer tout couvert du sang de ce perfide.

A M U R A T.

Modérez ce transport. Quoique j'approuve en vous
Les premiers mouvemens de cet ardent courroux,
Je ne permettrai pas que l'héritier du trône
A sa seule valeur en soldat s'abandonne;
Ceux que le Ciel destine à régir des Etats
Ne peuvent accepter de semblables combats.

M A H O M E T.

S'il faut de ce défi mépriser l'insolence,

Il eſt d'autres moyens d'aſſurer ma vengeance ;
Par un ſoudain aſſaut , preſſé de toutes parts ,
Que ce Roi d'un moment tombe avec ſes remparts.

A T A L I D E.

Quoi ! faut-il que toujours les Maîtres de la Terre
Impriment tous leurs pas d'un ſanglant caractère ?
(*) Faut-il toujours offrir à leurs yeux ſatisfaits
Des trônes renverſés , des meurtres , des forfaits ?
Le monde n'eſt-il fait que pour ſervir leur rage ,
Ne ſont-ils Rois, enfin , qu'au milieu du carnage ?
J'oſe vous propoſer des ſoins plus généreux
Qui d'un égal ſuccès peuvent combler vos vœux.

S C È N E   V I I I.

UN AGA, & les Acteurs précédens.

L'AGA, *à Amurat.*

AH! Seigneur, accourez, & par votre préſence
Des ſoldats, s'il ſe peut , réprimez la licence,
Ils parlent de retraite , & déja leur frayeur....

(*) Encore quatre vers retranchés, &, en vérité, il faut
avoir une furieuſe envie de ſabrer un rôle.

D 3

AMURAT, à *Hali.*

Qui peut donc exciter cette indigne terreur ?

HALI.

Du fort de Scanderberg la nouvelle femée
D'un effroi général a frappé ton armée.
Telle eft pour ce Guerrier l'eftime des Soldats !
Vers les murs de Croïa précipitant fes pas,
Il fembloit emporter les deftins de l'Empire ;
Tous s'écrioient, (remplis du refpect qu'il infpire)
« Oui, nous avons du Ciel mérité le courroux,
» Et l'Ange des combats s'eft retiré de nous. »

AMURAT.

Allons par mon afpect ranimer leur courage.

MAHOMET.

Seigneur, pour châtier cet infolent langage
Menons-les à l'affaut, & de leurs vains difcours
Le fang & le carnage arrêteront le cours.

HALI.

Je ne dois point cacher combien nous devons craindre
Que rien à l'attaquer ne les puiffe contraindre,
Et que de Scanderberg l'afcendant trop fatal
Ne foit d'un grand revers l'infaillible fignal.

AMURAT.

Il faut le prévenir.

ATALIDE, *avec chaleur.*

Seigneur, daignez me croire,
Je sais un sûr moyen de sauver votre gloire,
Sans la remettre encore à d'incertains combats.
Souffrez que vers Croïa j'ose adresser mes pas ;
S'il faut que l'Albanie à vos loix soit soumise,
Eh bien ! pour achever cette grande entreprise,
Je ne veux qu'un instant, je ne veux qu'un seul jour ;
Que ce soit un triomphe opéré par l'amour.

MAHOMET, *avec colère*

Jamais...

AMURAT, *à Atalide.*

Expliquez-vous.

ATALIDE.

Ce Héros que j'adore,
De l'Empire Ottoman peut devenir encore
Le plus sûr défenseur, le plus ferme soutien.
Il est Roi ; sans rougir permettez un lien
Qui, confondant enfin vos intérêts ensemble,
Par les nœuds les plus chers tous les deux vous rassemble,
Et de vos derniers ans assurant le repos,
Seigneur, laissez l'amour vous soumettre un héros.

D 4

MAHOMET.

(*A Atalide.*)   (*A Amurat.*)
Qu'ofes-tu propofer ?.... D'un Amante infenfée
Réprouvez, puniffez la coupable penfée ;
On a vu trop fouvent ce fexe fans pudeur
Sacrifier l'Etat au penchant de fon cœur.

ATALIDE.

Je croirois à l'Etat rendre un fervice infigne ;
Du fang des Ottomans le fang d'Ivan eft digne.
Mais enfin ce parti que tu veux rejetter,
Eft le feul déformais qu'il foit fûr d'accepter.
Au front de tes foldats, dans ta jaloufe rage,
Va lire le refpect qu'imprime un grand courage ;
(*) Tandis qu'à l'effacer tes efforts feront vains,
Moi, je veux te prêter des fecours plus certains ;
Et c'eft pour mon amour une gloire fuprême
De fixer tes deftins en dépit de toi-même. »
Vous, mon père, fouffrez que fans perdre de tems....

AMURAT.

A d'autres foins, ma fille, employons ces inftans ;
Il feroit dangereux de tarder à les prendre.
Scanderberg peut former le projet de furprendre ;

(*) Encore quatre vers coupés !

Dès cette nuit, ce camp par lui trop bien connu
Pour être avec fuccès contre lui défendu.
(*A Hali.*)
Je veux que, repliant nos tentes difperfées,
Elles foient vers *Tumen* plus sûrement dreffées ;
Va faire exécuter l'ordre que tu reçois.
Vous, fuivez-moi, ma fille.

        (*Hali fort.*)

MAHOMET.

    Au moins, Seigneur, je crois
Qu'indigné des moyens que fon amour propofe,
Vous ne fouffrirez point...

AMURAT.

     Je fais ce que m'impofe
La gloire en ce moment ; mais je n'ignore pas
Qu'un affaffinat mène à d'autres attentats.

SCÈNE IX.

MAHOMET, OSMAN.

MAHOMET.

J'ENTENDS trop ce reproche, & ce regard févère.
On me foupçonne... Ofman, je crains tout de mon père,

Terrible en fa vengeance!.... il l'a faut prévenir,
Andrinople à ma voix peut encor fe r'ouvrir.
De plus grands intérêts fufpendent ma furie;
Je faurai bien après fubjuguer l'Albanie.
Viens, Ofman; employons ces inftans précieux
A fervir de-mon cœur les foins ambitieux.
On va changer ce camp, profitons du tumulte;
Viens, que fur fes projets ton ami te confulte.

―――――――――――――

Nota. On retire les tentes pendant l'entr'Acte; la ville de
Croïa paroît à découvert, ainfi que les fortifications, &
les rochers fur lefquels elles font affifes.

Les couliffes du devant doivent être peintes en hori-
fon avec des palmiers feulement, parce que ces arbres
n'ayant de feuilles qu'en haut de leur tige, ne mafquent
point une place, & font cenfés n'avoir pas été coupés
par les affiégeans.

Cette note eft néceffaire pour que fur les théâtres de Pro-
vinces on évite la faute qu'on faite les Comédiens de Paris,
qui, tout fimplement, avoient mis une décoration repré-
fentant un bois. Heureux! bien heureux! s'ils n'avoient
fait que ce contre-fens!

Fin du troifième Acte.

ACTE IV.

SCÈNE PREMIÈRE.

SCANDERBERG, MENECLAS, QUELQUES ALBANOIS.

(Ils paroiſſent ſortir des portes de Croïa, ils avancent avec précaution. Scanderberg eſt habillé en Chevalier; il a le caſque & la cuiraſſe, on porte ſa lance & ſon bouclier.)

MENECLAS, *à Scanderberg.*

Ils ont quitté leur camp, & ce prompt abandon,
Effet de la terreur qu'inſpire votre nom,
Devient pour l'Albanie un favorable augure;
Elle a trouvé ſon Roi, ſa délivrance eſt ſûre !

(*) Dans une Pièce que je donnai l'année dernière, la muſique, quoique néceſſaire au ſujet, fit un fort mauvais effet, & je jurai de n'en plus mettre dans mes autres Ouvrages; les Comédiens en ont placé ici & au cinquième Acte, ſans mon avis, ſans le moindre motif, & c'eſt une des choſes qui ont le plus excité de murmures à la repréſentation.

Scanderberg, réparant les maux qu'elle a soufferts,
De son nouvel éclat va remplir l'univers.

SCANDERBERG.

Ami, n'en doutez pas ; si le Dieu des armées
Soutient de sa vertu mes forces ranimées,
J'effacerai l'affront d'avoir porté vingt ans,
Moi, Prince! moi, Chrétien! le joug des Musulmans.
Vous ne rougirez plus, mânes de mes ancêtres,
Pour vous les immoler j'aurai connu des maîtres!
Vous, mes frères, surtout, lâchement égorgés,
Si Mahomet paroît, soyez soudain vengés!
Mais il tarde long-tems!...

MENECLAS.

    L'ardeur de leur vengeance
N'a point permis, Seigneur, à votre impatience
D'attendre sa réponse ; & vos pas empressés,
Malgré tous mes efforts en ces lieux adressés,
Cherchent un ennemi qui n'osera paroître ;
Et ce camp reculé nous fait assez connoître
Qu'il n'a point accepté ce défi dangereux.

SCANDERBERG.

Ah! d'un nouvel espoir je flatte encor mes vœux;
Regardez Meneclas ; j'apperçois dans la plaine....
On vient à nous.... Enfin ma vengeance est certaine.

(Scanderberg retourne vers le fond du théâtre ;
Meneclas, pendant ce tems, regarde avec action.)

Mes amis, laiſſez-moi ; du haut de nos remparts
Fixez ſur ce combat vos avides regards.
Si, n'ayant pour motif que l'amour de la gloire ;
Je me ſuis illuſtré par plus d'une victoire,
Ce bras qu'excite encor le plus juſte courroux,
Va montrer qu'il combat pour le trône & pour vous.
Allez, fiers Albanois, dans l'ardeur qui m'anime,
Il tarde à ma fureur de joindre ſa victime.

(Les Albanois ſe retirent & vont garnir les murs
des fortifications.)

SCÈNE II.

SCANDERBERG, MENECLAS,

SCANDERBERG, *revenant vers Meneclas.*

EH! bien, cher Meneclas, vous avez pu le voir,
Eſt-ce enfin Mahomet ?

MENECLAS.

Ah! perdez-en l'eſpoir,
Seigneur, on apperçoit au pied de la montagne
Deux femmes ſeulement qu'un vieillard accompagne.

SCANDERBERG.

Jufte ciel! Atalide! ah! prévenons fes pas.
Mais fais-je fi l'amour?... Oui, je n'en doute pas;
Trop généreufe amante! oui, c'eft lui qui te guide!

MENECLAS.

Que parlez-vous, Seigneur, d'amour & d'Atalide?

SCANDERBERG.

La fille d'Amurat honore ma valeur
De la plus tendre eftime.....

MENECLAS, *avec inquiétude.*

Et vous l'aimez, Seigneur?

SCANDERBERG.

Ah! la reconnoiffance eft au fond de mon âme,
Par les mains de l'amour gravée en traits de flâme.

MENECLAS.

Eh! bien, vers nos remparts à l'inftant fuivez-moi.
(*vivement.*)
Evitez un afpeᵗ qui me remplit d'effroi;
Trop de périls fuivroient cette approche imprévue.
Fuyez, Prince, fuyez une telle entrevue.
Cet amour qu'aujoud'hui vous devez étouffer;
C'eft loin de fes regards qu'il faut en triompher;
Venez.

SCANDERBERG.

Non, je ne puis.

MENECLAS, *avec trouble & chaleur.*

Ah ! mon Prince ! ah ! mon Maître !
Elle approche, fuyons.

SCANDERBERG.

J'aurais voulu connoître...

MENECLAS, *l'entraînant au fond du Théâtre.*
Vain prétexte ! venez.

(*Ici Atalide paroît par la dernière coulisse, à
droite, suivie de Nissa & d'Hali ; elle fait un pas
avec vivacité, tendant les bras à Scanderberg.*)

SCÈNE III.

ATALIDE, HALI, NISSA;
SCANDERBERG.

ATALIDE.

ARRÊTE ici tes pas,
Arrête.

SCANDERBERG, *se débarassant de Meneclas;*
(*A Meneclas.*)   *revient vers Atalide.*

Laisse-moi.

MENECLAS.

Ne l'abandonnons pas.

ATALIDE.

Tu fuyois, Scanderberg. Ne crains point mon approche ;
Je ne t'apporte ici ni plainte, ni reproche
Sur un événement qui du moins t'a souſtrait
Aux ſombres attentats du lâche Mahomet.
Soit fable ou vérité ; ſoit que pour ſa défenſe,
Croïa n'eſpérant plus qu'en ta ſeule vaillance,
Ait voulu dans ſes murs t'attirer aujourd'hui,
Et te nommer ſon Roi, pour être ſon appui ;
Soit qu'en effet d'Ivan, par un rare prodige,
Le Ciel dans Scanderberg ait ranimé la tige.

MENECLAS *vivement.*

N'en doutez pas, Madame.

HALI.

Amurat toutesfois
Vit périr les enfans du dernier de vos Rois ;
C'eſt moi qui fus chargé du ſoin de les conduire
En otage à ſa Cour.

MENECLAS, *avec enthouſiaſme.*

Eh ! bien toi-même admire ;
Admire & reconnois du Dieu que nous ſervons
La ſageſſe infinie, & les décrets profonds !

Ivan

Ivan, dont autrefois les armes plus heureuses
Méritoient d'Amurat des loix moins rigoureuses ;
Accablé de revers, pour sauver son pays,
Père trop malheureux ! se priva de ses fils ;
Trois te furent livrés. Un seul, dont l'existence
Encore ensevelie (*) au berceau de l'enfance
Le déroba sans peine aux regards du vainqueur,
Fut remis à mes soins, pour changer de malheur !
A peine un lustre entier complettoit ses années,
Que, le sort poursuivant ses jeunes destinées,
Dans sa retraite obscure arraché de mes bras,
Vers Andrinople il fut traîné par des soldats
Qui ne soupçonnoient pas son illustre origine.
Le Ciel mit son salut où sembloit sa ruine.
Attaché par mon zèle à des destins si chers,
J'osai, mais inconnu, le suivre dans les fers,
Me flattant que le Ciel rendroit à ma prière
Ce fils, de ses parens l'espérance dernière ;
Mais l'ayant vu placer au nombre des enfans
Qu'on destine à former la garde des Sultans,
Alors, à mes projets tout devenant contraire,
Je portai vers Ivan més pas & ma misère ;
Et quand je l'eus instruit, à travers mes sanglots,
Du malheur de son fils, il m'adressa ces mots :

_____

(*) J'ai trouvé ce vers ainsi changé par l'Acteur : *Encore ensevelie au sein de l'innocence*, ce qui est misérable.

« Calme-toi, Meneclas, ce coup n'eſt point funeſte,
» Pourquoi ſe défier de la faveur céleſte ?
» J'attends tout de mon Dieu ; peut-être il n'a permis
» Que mon fils reſpirât parmi nos ennemis
» Que pour les rendre un jour l'inſtrument de ſa gloire !
» Il eſt né, je le ſens, pour venger ma mémoire ;
» Mais laiſſons ſes deſtins à leur obſcurité,
» Dans une Cour obſcure elle eſt ſa ſûreté. »
Nourriſſant en ſecret cette douce eſpérance
Long-tems il ſupporta ſes maux avec conſtance ;
Et lorſque le tombeau s'entr'ouvrit ſous ſes pas,
(*A Scanderberg.*)
Informé de l'éclat de vos premiers combats,
Pour ôter à ma foi toute ombre d'impoſture,
De ſa main il traça cette étrange avanture.
Eh bien ! Madame, eh bien ! douterez-vous encor
Des droits de ce Héros & du ſang dont il ſort ?

ATALIDE.

Non, Scanderberg ; mon cœur, t'avouant pour ſon maître,
Par un ſecret inſtinct ſembloit te reconnoître,
Et c'eſt à mon amour un triomphe parfait
Que ce cœur dès long-tems ſoit ton premier ſujet.

SCANDERBERG.

Ah ! Madame...

ATALIDE.
Vers toi connois ce qui m'amène.

Mon père, en ma faveur renonçant à la haîne
Qu'il portoit à ton nom, daignera t'assurer
Le sceptre qu'en tes mains le sort a fait rentrer.

HALI.

Pourvû que du Croissant tu restes tributaire;
Il n'exige de toi qu'une marque légère....

SCANDERBERG.

Un tribut quel qu'il soit est toujours un affront,
Et j'espère régner sans en couvrir mon front.
(*Avec colère.*)
J'attendois peu qu'Hali, chargé d'un tel message,
Voulût par un opprobre essayer mon courage.

ATALIDE.

Ah! crois-moi, ce tribut n'aura rien de honteux.
Tu ne sais pas encore,.... il consent à nos nœuds.

SCANDERBERG.

O bonheur! je pourrois!... ces nœuds si desirables...
O ciel, de tes faveurs aujourd'hui tu m'accables!
Ce matin dans les fers, n'attendant que la mort,
Maintenant sur le trône, & pour combler mon sort...

(*) MENECLAS, *vivement.*

Quoi! vous accompliriez cette union profane?

(*) De ce moment, tout le reste de la Scène doit être

Vos devoirs, votre fang, le Ciel, tout la condamne.

(*Il va vers Atalide, & fe trouve entre elle &*
  Scanderberg.)

Madame, excufez-moi, fi mon zèle emporté,
Peut-être avec aigreur, trace la vérité;
Mais, je ne prétends pas me reprocher le crime
D'abandonner mon Roi fur les bords de l'abîme;
Et plus vous le cachez, fous de trompeurs appâts,
Plus je dois m'efforcer d'en détourner fes pas.

(*A Scanderberg.*)

Quoi! parmi les tranfports d'une coupable flâme,
Contre elle en votre fein n'eft-il rien qui réclame?
Rempliffez-vous ainfi l'engagement facré
Qu'à l'inftant votre bouche au temple a proféré?
Pour défendre Croïa, pour fauver l'Albanie,
N'avez-vous pas juré d'employer votre vie?
Et les premiers effets d'un ferment folemnel
Sont avec Amurat un traité criminel.

ATALIDE.

Mais enfin ce traité peut fauver ta patrie.

MENECLAS.

Qu'importe fon falut fi fa gloire eft flétrie!

---

joué avec chaleur, & les repliques très-vives de la part de
tous les Interlocuteurs. C'eft ce qui n'a pas été, faute d'enfemble, & de &c. &c.

'Ah! ce n'eſt pas ainſi qu'elle eut droit d'eſpérer
Que ſon Roi quelque jour viendroit la délivrer.
(*Montrant Croïa à Scanderberg.*)
Ces murs', long-tems ſans vous nous ſûmes les défendre,
Forts de votre ſecours nous devons tout prétendre,
Si le bras d'un Grand-homme eſt un plus ſût rempart
Que tous ceux élevés par la nature ou l'art.

SCANDERBERG.

Quels que ſoient les ſuccès dont ſe flattent mes armes,
L'amour parle à mon cœur, & ces nœuds pleins de charmes.

MENECLAS.

(*avec indignation.*)　　　(*Avec éclat & fermeté.*)
Ces nœuds... ces nœuds, Seigneur, ne s'achéveront pas,
Ou nous verrons en vous le plus grand des ingrats,
-Trahiſſant ſon pays, & ſourd à la nature.

SCANDERBERG, *d'un ton irrité.*

Meneclas!

MENECLAS.

Oui, Seigneur ; écoutez ſon murmure.
Fils d'Ivan! ſans frémir, vous deviendrez le fils
Du premier, du plus grand de tous ſes ennemis,
Implacable bourreau dont les mains ſanguinaires
Fument peut-être encor du meurtre de vos frères !

SCANDERBERG.

Ah! Dieu !

E 3

ATALIDE.

Sans excufer ce cruel attentat
Par la commune loi des intérêts d'Etat,
Moi, j'ai fauvé fes jours, & la reconnoiffance
Doit au fein d'un Héros enchaîner la vengeance.

SCANDERBERG.

(*Il paffe devant Meneclas pour aller à Atalide.*)
Je ne fais où je fuis !... Ah ! Madame, croyez....

MENECLAS,

Pourfuis, trop foible amant ; lâche ! tombe à fes pieds.
Mais fi de la quitter rien ne peut te réfoudre,
Entends la voix du Ciel, & crains du moins fa foudre.
(*) Il prononce anathême à cet affreux lien ;
Tu ne le peux former, n'es-tu pas né Chrétien ?
On verfa fur ton front l'eau falutaire & fainte,
Le tems n'en détruit pas l'ineffaçable empreinte,
A Dieu dès ton berceau l'on engagea ta foi,
Et tes feux font impurs dès qu'ils bleffent fa loi.

SCANDERBERG.

O ma Religion !

ATALIDE.

Vois mes pleurs !

(*) Les quatre vers fuivans ont été fupprimés, j'ignore
pourquoi.

SCANDERBERG.

(*A Meneclas qui le sert dans ses bras.*)

O tendresse!....

Barbare! laisse-moi.

MENECLAS.

Qui! moi, que je te laisse!
Non, il faut sous tes coups que j'expire en ce lieu.
Insensible à ton sang, infidèle à ton Dieu,
Il faut t'ouvrir enfin la carrière du crime;
Frappe, & prend Meneclas pour première victime.
(*Il découvre son sein en se jettant à ses pieds.*)
Frappe, ingrat, punis-moi de l'erreur où je fus
D'avoir à Scanderberg supposé des vertus.

SCANDERBERG, *le relevant.*

Tu demandes la mort quand toi seule me la donnes...
Par sa voix, Dieu puissant, est-ce toi qui l'ordonnes?
Tu déchires le voile étendu sur mes yeux;
Mais détruis donc aussi le charme impérieux
Qui m'entraîne vers elle.... Atalide .... Atalide ....
Incertain.... accablé.....

ATALIDE.

N'achève pas, perfide;
Qui balance, trahit; &, s'il cède un instant,
L'amour ne reprend plus son premier ascendant.

SCANDERBERG.

Daignez....

ATALIDE.

Epargne-moi l'affront de ta réponse ;
Je sens trop les refus que ton trouble m'annonce ;
Et le premier effet de ce grand nom de Roi
Sera le droit affreux de manquer à ta foi.

SCANDERBERG.

Les sermens qu'à vos pieds je prononçai, Madame,
Ne parurent jamais aussi chers à mon ame
Que dans ce moment même où le Dieu des Chrétiens
Oppose à ces sermens des sermens plus anciens ;
La foi de mes ayeux par moi-même jurée....

ATALIDE.

Eh ! cette foi des miens ne fut pas ignorée ;
Ma mère étoit Chrétienne..... (*)

_____

(*) La demoiselle Sainval dit ce vers & demi comme si
c'eût été une raison qu'Atalide apportoit pour épouser Scanderberg, le sieur Larive répliqua *Ah !* d'un ton incroyable,
& l'adressa à Meneclas. Voilà le contre-sens qui occasionna la
chute de l'Ouvrage. Le Public hua une intention si peu tragique & si ridicule. La demoiselle Sainval le laissa se mé-
prendre tout à son aise, au lieu de répliquer avec vivacité
sur le sens interrompu, ainsi qu'il étoit marqué sur son rôle ;
& après m'avoir fait le plaisir de bien laisser établir la huée,
elle reprit froidement la tirade suivante, dont elle coupa plus
de la moitié, & de ce moment tout fut de travers.

SCANDERBERG, *avec joie, à Atalide.*

Ah ! je puis entrevoir....

ATALIDE, *avec vivacité.*

Non, non, fur cet aveu ne fonde aucun efpoir ;
La fille d'Amurat, à la Cour Ottomane,
N'a reçu d'autre loi que la loi Mufulmane.
Mais je te dirai plus ; ingrat, ces mêmes nœuds
Qui faifoient à l'inftant l'objet de tous mes vœux,
Je les rejetterois comme un affront infigne ;
D'un cœur tel que le mien Scanderberg n'eft plus digne,
Je t'aimois !.... je t'aimois !.... & ce cœur prévenu
Plaçoit en fon amour fa gloire & fa vertu ;
Rien ne m'étoit plus cher que cette trifte flâme,
L'idole de mon cœur fut le dieu de mon âme ;
Si la Terre... & le Ciel ! d'une commune voix
Euffent voulu combattre & profcrire mon choix,
Sans doute, encor plus cher à mon ardeur extrême,
Mon amant eût alors triomphé du Ciel même !
Mais je voulois du moins qu'un trop jufte retour,
D'un égal facrifice eût payé tant d'amour.
J'ai fenti mon erreur, & connu mon outrage,
L'amour même avec Dieu n'admet point de partage !
Et cependant ton cœur... après ce que j'ai vu,
Je te fuis à jamais, va le charme eft rompu !
Allons, Hali, fuyons ; trop longtems de mon père
Ma crédule tendreffe arrêta la colère ;
Pour venger mon affront, rallumant fon courroux,

Je vais… Hélas! peut-être en détourner les coups;
Car tel fera toujours le destin d'Atalide,
Même en le méprisant, d'adorer un perfide!

     (*Elle fort avec action.*)

SCÈNE IV.

SCANDERBERG, MENECLAS.

SCANDERBERG.

Et je la laisse aller! Non, retenons ses pas…

MENECLAS.

Seigneur, je vois vers elle avancer des Soldats;
Retirons-nous, je crains quelque funeste piége.

SCANDERBERG, *faisant un pas.*

Que m'importe? Je veux dans l'horreur qui m'assiége…

MENECLAS.

O Ciel! que faites-vous? Vos Sujets consternés
Vont croire qu'à leur fort vous les abandonnez!
Justement inquiets d'une longue entrevue,
Et dont la cause encor ne leur est pas connue,

  (*Il lui montre la Ville.*)

(*) Voyez du haut des murs leurs bras tendus vers vous,

(*) Le mouvement n'a point été exécuté, & on a jugé
plus court de couper quatre vers que de l'essayer.

Regardez-les, Seigneur ; ils tombent à genoux,
Ils appellent leur Prince, ils agitent leurs armes !

SCANDERBERG.

Eh bien ! par ma préfence appaifons leurs allarmes ;
Allons, cher Meneclas, fi tel eft mon devoir ;
Mais, hélas ! qu'attends-tu d'un cœur au défefpoir ?
Ciel, qui d'un bras d'airain a tracé ma carrière,
Tu m'avois fait une allez noble, affez fière
Pour égaler peut-être, en un fublime élan,
Tout ce que l'Univers admira de plus grand !
Pour triompher de moi ta puiffance fuprême
Ne pouvoit à mon cœur oppofer que lui-même !

MENECLAS.

Ah ! Seigneur, retenez ces injuftes éclats,
Quand Dieu fait tout pour vous ne vous en plaignez pas.

SCANDERBERG.

Mais du moins, fi ce Dieu qui me rend à fon culte,
Appaifoit de mes fens le douloureux tumulte !
Pardonne, Dieu vengeur, je t'aime, je te fers,
Mais fans elle, aujourd'hui, j'expirois dans les fers !
Ses bienfaifantes mains ont applani la route
       (*En foupirant.*) (*A Meneclas.*)
Du trône où je me vois... fans elle !... Mais écoute,
Un doux rayon d'efpoir s'eft gliffé dans mon fein ;
Retournons dans nos murs pour ce noble deffein,

Il obtiendra l'aveu de ta vertu févère,
Au Ciel, qui me l'infpire, il ne fauroit déplaire ;
Il accorde les foins & d'amant & de Roi ;
Mais fur-tout, Meneclas, il eft digne de moi !

Fin du quatrième Acte.

ACTE V.

SCÈNE PREMIÈRE.

MAHOMET, OSMAN, quelques Soldats Turcs.

(*Ils entrent par la dernière coulisse à droite ; une partie du Théâtre est éclairée par la lune, dont on ne voit pas le disque.*)

MAHOMET.

C'EN étoit fait, Osman, si je n'eusse entendu
Leur secret entretien, ton maître étoit perdu ;
Mais le sort a permis que mon inquiétude
De leurs projets divers ait eu la certitude.
D'Andrinople Amurat veut prendre le chemin ;
D'un siège languissant honteuse & digne fin !
A ce prochain retour qu'à l'instant il dispose,
J'ai lieu de soupçonner une sinistre cause ;
Ma perte en est l'objet.

OSMAN.

Pourquoi présumez-vous
Qu'un père contre un fils déployant son courroux....

MAHOMET.

Le Visir & ma sœur, réunissant leurs brigues,

Ont pris le foin jaloux d'éclairer mes intrigues ;
Je ne puis plus douter qu'au fein de fes Etats
Amurat, avec moi, ne reporte fes pas,
Que pour y préparer le moyen plus facile
D'enfermer au Sérail ma grandeur inutile,
Où bientôt fes foupçons, fomentés par ma fœur,
Pourroient jufqu'à me perdre exciter fa fureur.
Je n'ai plus qu'un parti dans ce péril extrême ;
Je précede Amurat dans Andrinople même ;
Sûr de l'appui d'un peuple ami des changemens,
Je reprends un pouvoir attendu trop long-tems

OSMAN.

Mais, Seigneur, le Sultan fuivi de fon armée....

MAHOMET.

Va, que ton amitié n'en foit pas allarmée.
Le fiège de Croïa, défaftreux dans fon cours,
Donna plus d'un prétexte à des murmures fourds.
Pour de honteux drapeaux le foldat peu fidèle
Vole aifément à ceux où la gloire l'appelle ;
Tu verras nos guerriers, prêts à marcher fous moi ;
Déja des bruits adroits ont ébranlé leur foi.
Des dépouilles des Grecs flattant leur efpérance,
Je leur fais entrevoir le fiège de Byfance ; (*)
Par ce puiffant appât leurs efprits ennivrés

(*) Il prit en effet Conftantinople quelques années après.

Les rendront à mon ordre aveuglément livrés.
Hâtons-nous donc de prendre un parti néceffaire.
Pour échapper, fans peine, aux regards de mon père
J'ai voulu me charger du foin officieux
De venir obferver l'ennemi dans ces lieux ;
Tandis qu'à l'épier on croit que je m'emploie ;
(*Montrant une couliffe à gauche.*)
Je fuis par ce détour fans qu'Amurat me voie ,
Et ferai déjà loin avant qu'il ait appris
Ma fuite , & le chemin fur-tout que j'aurai pris.
Mais pour mieux prévenir tout ce qui m'eft contraire ,
Ecoute, cher Ofman , ce qu'il te refte à faire.
Va trouver Scanderberg , & dis-lui , fans détour ,
Qu'à la hâte Amurat prépare fon retour.
Ou je connoitrois mal fon audace indifcrette ,
Ou Scanderberg , brûlant de troubler fa retraite ,
Ofera le pourfuivre , & , retardant fes pas ,
Le fatiguer long-tems par de fréquens combats ;
C'en eft affez pour moi. Tranquille dans ma fuite ,
Sans plus avoir alors à craindre de pourfuite ,
J'aurai tout le loifir d'affurer mon projet.
Mais à mes vœux encore il manque un autre objet ;
Atalide , apprenant que le pouvoir fuprême
Va rentrer dans mes mains, craindra pour elle-même ,
On la verra foudain , évitant mon courroux ,
Auprès de Scanderberg chercher un fort plus doux ;
Je ne le prétends pas. La haine qui m'anime ,

Ne peut laisser ainsi s'échapper ma victime ;
Osman, je veux sa mort.... (*) & la veux à l'instant.
Je m'en remets à toi de ce coup important ;
Mais, en frappant son sein d'une atteinte mortelle,
Dis-lui, pour l'accabler d'une horreur plus cruelle :
» La mort que Mahomet vous force à recevoir,
» Est son plus doux essai de l'absolu pouvoir. »

OSMAN. (**)

Ah ! Seigneur, ses vertus, sa jeunesse, ses charmes...

MAHOMET.

Contre ma haine, Osman, ce sont de foibles armes.
Va, je n'ai pas un cœur sensible à la beauté ;
Par son attrait un jour je puis être emporté,
Mais non pas attendri. S'il falloit que mon âme
Subit le joug honteux d'une amoureuse flâme,
Malheur à la beauté dont les charmes puissans

(*) Mahomet étoit cruel, *sans foi ni loi* ; telles sont les expressions de tous les Historiens : en voilà, sans doute, assez pour lui supposer cette intention. D'ailleurs, qui ne sait que dans ces tems-là, il n'étoit pas de Sultan qui ne fût souillé du sang de ces proches. Voilà pourtant ce que les Journalistes ont appellé des *horreurs* & des *absurdités !* Moi je soutiens qu'il falloit ce trait pour achever le caractère.

(**) Ici dix-huit vers de retranchés. Il faut les rétablir ; parce qu'ils ont rapport au meurtre d'Irène, que Mahomet punit par la mort, du malheur de lui avoir su plaire.

Malheur

Auroient pris trop d'empire en captivant mes fens !
Chez moi l'amour terrible auffi bien que la haine
(*) Par un coup de poignard fauroit brifer fa chaine ;
Vois fi , pour Atalide écoutant la pitié ,
Je dois timidement me venger à moitié ;
Non , je veux qu'elle expire ; elle a fu me déplaire,
Et j'ai juré fa perte aux mânes de ma mère.
Dès que l'ordre remis à tes fidelles mains
Se trouvera rempli..... par les plus courts chemins
Rends-toi dans Andrinople , & ma reconnoiffance
Pour le rang de Vifir te défigne d'avance.

OSMAN.

Seigneur....

MAHOMET.

　　　Adieu , je pars , crainte d'être furpris ;
Songe à tous tes devoirs , fur-tout fonge à leur prix !
(*Il fort par une couliffe à gauche, les Soldats le*
　　fuivent.)

(*) On a été furpris de la manière dont finit ce rôle :
quelques perfonnes ont defiré que Mahomet eût péri ; mais
elles n'ont pas réfléchi qu'il ne m'étoit pas permis de violer
ainfi l'Hiftoire, puifqu'après l'époque du fiége de Croïa, il
eut un long règne fignalé par des conquêtes & des guerres
fameufes avec ce même Scanderberg. Quant à la trahifon
qu'il commet d'abandonner fon père, c'eft le trait hiftorique, que j'ai même très-adouci, car il fut accufé de
l'avoir fait empoifonner.

SCÈNE II.

OSMAN, *seul.*

QUEL qu'il foit, en frappant cette illuftre victime,
Je ne puis, je le fens, m'aveugler fur le crime,
Et l'accompliffement de cet ordre odieux....
(*Il regarde vers Croïa.*) (*)
Mais des murs de Croïa l'on avance en ces lieux ;
Je ne me trompe pas !... La nuit peu ténébreufe
Me laiffe appercevoir une troupe nombreufe ;
Sans doute Scanderberg, avide de combats,
A l'attaque du camp ofe guider leurs pas....
Ainfi, fans plus tenter un abord difficile,
Du départ d'Amurat l'avis eft inutile ;
Il fera retardé par ce choc imprévu ;
Aux vœux de Mahomet le hafard a pourvu.
Retournons dans le camp, &, femant les allarmes,
D'abord à nos Guerriers faifons prendre les armes ;

(*) On apperçoit des Soldats qui defcendent les remparts ; & Ofman, devenant lui-même fpectateur en ce
moment, fon monologue, quoique long, ne doit point em-
barraffer l'Acteur qui en eft chargé. Il n'a point été dit à
Paris, parce qne le confident a eu peur, & que le jeu de
théâtre n'a point été établi, faute d'une décoration néceffaire, & faute .. &c. &c. &c.

Enfuite, dans le trouble & quoiqu'avec horreur,
Sachons, puifqu'il le faut, mériter la faveur.

(*Il fort par la même couliffe par laquelle il eft*
entré avec Mahomet.)

S C È N E   I I I.

SCANDERBERG, DES ALBANOIS.

(*Il eft à leur tête; les Soldats fe rangent le long*
des couliffes à gauche, il a le fabre à la main.)

S C A N D E R B E R G , *aux Troupes.*

Arrêtons un inftant ; il faut du moins attendre
Qu'aux lieux où Meneclas s'empreffe de fe rendre,
De ranger fes foldats il puiffe avoir le tems ;
(*A part.*)
L'intérêt le plus cher preferit ces foins prudens.
(*Haut.*)
Si de quelques fuccès le Ciel nous favorife,
Amis, je ne veux point de victoire indécife ;
Amurat, s'il s'enfuit, eft contraint de paffer
Au pofte où Meneclas aura dû fe placer.
Mais retardons encore , & joignons au courage
Ce qui doit à nos coups affurer l'avantage ;
(*) Avant que d'approcher les tentes d'Amurat ;

──────────────────────────────

(*) On a haché par fragmens tout ce difcours, retréci les

Nos armes nous auroient trahi par leur éclat;
(*Montrant le côté qui eſt éclairé par la Lune.*)
Attendons que cet Aſtre, achevant ſa carrière,
Voile de ſes rayons l'importune lumière ;
Alors, avec ardeur précipitant nos pas,
Dans le camp pour ſignal apportons le trépas,
Et, par un coup heureux, délivrons l'Albanie.
Je ne le cèle pas l'entrepriſe eſt hardie ;
Mais nous devons riſquer ce glorieux effort,
Oſons tout ; c'eſt ainſi que l'on commande au ſort !
Toutefois, parmi vous, s'il en eſt qu'épouvante
Une attaque inégale, & peut-être imprudente :
S'il en eſt qui, ſaiſis d'un pardonnable effroi,
Se traînent à regret ſur les pas de leur Roi,
De le ſuivre plus loin Scanderberg les diſpenſe.
Je veux tout par honneur, rien par obéiſſance ;
Qu'ils rentrent dans leurs murs ces timides ſoldats,
(*Il avance un pas ſur le devant du Théâtre.*)
Et qu'ils ne craignent rien.... je ne regarde pas....
Mais, pour faciliter à l'inſtant ce partage,
Que tous ceux qui, remplis d'un plus noble courage,
Savent combattre ailleurs qu'à l'abri d'un rempart,
Paſſent de ce côté, près de cet étendard.

(*Il arrache à un Soldat une banière, & la plante*

---

mouvemens & mal deſſiné les ſituations ; on les a même
maſquées par une pantomime mal exécutée.

du côté de la dernière couliſſe à droite, c'eſt-
à-dire du côté du camp des Turcs; il ſe place
au milieu de la ſcène.)

Ici, c'eſt le péril & la gloire immortelle;
   (*Montrant Croïa.*)
Là, c'eſt la sûreté, mais la honte avec elle....
   (*Tous les Albanois courent vers la banière.*)
Que vois-je? & quel ſpectacle enchante mes regards!
Jaloux de partager ces glorieux haſards,
Quoi! braves Albanois! votre vertu guerrière
Vous porte tous en foule auprès de ma banière;
Nul d'entre vous.!..! Eh! bien, il en eſt tems;
Je réponds du triomphe avec de tels garans!

(*Lorſqu'il va pour traverſer le Théâtre, Meneclas*
dans l'avant-dernière couliſſe à droite, lui crie,
lorſqu'il veut y entrer:)

SCÈNE IV. (*)

MENECLAS, les Acteurs précédens, & quelques Soldats Albanois *qui portent des flambeaux.*

MENECLAS.

AꭱꭱÊTEZ....

(*) Cette Scène, dont chaque vers eſt néceſſaire, a été

SCANDERBERG, *reculant de surprise.*

Meneclas ! comment ! que dois-je croire ?
Qui vous ramène ici ?

MENECLAS.

Le Ciel & la victoire.
Déjà de ses Etats reprenant les chemins,
L'imprudent Amurat est tombé dans nos mains ;
Il est chargé de fers.

SCANDERBERG.

Lui ! Je ne peux comprendre
Un bonheur qu'en effet j'osois à peine attendre !
Comment avez-vous pu, dans de si courts instans,
Obtenir, sans combat, ces succès éclatans ?

MENECLAS.

Nous nous étions, à peine, emparés en silence
Du poste qu'à nos pas marqua votre prudence,
Quand un gros d'ennemis a passé devant nous,
Et s'est trouvé soudain assailli par nos coups.
Amurat cependant marchoit sans défiance ;
La surprise des siens empêchant leur défense ;
Par une prompte fuite ils l'ont abandonné.
De cet heureux hasard à mon tour étonné,

---

coupée d'une manière inconcevable, & l'on n'a pas dit
trente vers du reste de l'Acte.

Et craignant que bientôt, par un hasard contraire,
Ce Captif à nos fers ne vint à se soustraire,
J'ai voulu, dans nos murs....

SCANDERBERG.

          O Ciel! qu'avez-vous fait?

En ce moment, sans doute, échappe Mahomet.
(*Bas à Meneclas, en se détachant un peu des*
    Albanois.)
Mais sur-tout Atalide! ô victoire cruelle!
(*D'un ton de reproche.*)
Vous qui saviez qu'ici je risquois tout pour elle !
Vous me la faites perdre !

MENECLAS.

        En ce jour de bonheur
Se peut-il que l'amour dégrade un si grand cœur!
(*Amurat paroît par la même coulisse par où*
    Meneclas est entré.)

SCÈNE V.

AMURAT, & les Acteurs précédens.

(*Amurat est enchaîné, & conduit par des Soldats.*)

MENECLAS.

JETTEZ ici les yeux ; ne songez qu'à la joie
Que doit vous inspirer une si belle proie.

Voilà de vos Sujets le farouche agreſſeur,
Et de votre maiſon le cruel oppreſſeur.

AMURAT.

Oui, Scanderberg, triomphe ; ordonne mon ſupplice,
Après un tel revers , il faut que je périſſe ;
Abrège ici ma honte , & tranche mon deſtin ;
Implacable aux vaincus, ſuis mon exemple enfin.
N'attends, pour te fléchir, ni plainte, ni prière,
Dans l'horreur de mon ſort ma fierté reſte entière,
Le Ciel même , le Ciel, qui vient de me trahir ,
A ſu perdre Amurat , mais non pas l'avilir.

SCANDERBERG.

Ah ! ſi je n'écoutois qu'une juſte vengeance ,
Ton ſang auroit déjà coulé dans ma préſence ;
Mais un autre intérêt, pour toi, parle à mon cœur ;
Il te reſte un moyen de fléchir ton vainqueur.....
Mais, que vois-je ! Atalide accourant éperdue !...

SCÈNE DERNIÈRE.

ATALIDE, & les Acteurs précédens.

ATALIDE, *échevelée, un poignard à la main.*

RENDS-MOI, rends-moi, mon père, ou j'expire
à ta vue !

ATALIDE.

Ma fille !

SCANDERBERG, *s'élançant vers elle.*
Juste Ciel !

ATALIDE

Arrête ; c'est en vain
Que tu voudrois chercher à désarmer ma main ;
Qu'il soit libre, ou ce fer.... tu balances, barbare !
C'en est donc fait....

(*Dans le moment qu'elle veut se frapper, Scan-*
derberg lui arrache le poignard, & le jette de
manière qu'il tombe aux pieds d'Amurat.)

SCANDERBERG.

Cessez ! quel transport vous égare ?

ATALIDE.

Ah ! sa mort !...

SCANDERBERG.

Il vivra. Mais pour briser ses fers,
Je ne puis, sans trahir la cause que je sers....

ATALIDE.

Eh ! bien,... puisqu'en effet je n'ai plus d'autres armes,
(*Elle s'y jette malgré lui.*)
Vois tomber à tes pieds, vois Atalide en larmes ;
Ces fers dont mes efforts n'ont pu le dégager,
Mes suppliantes mains les veulent partager,

Ordonne qu'à l'inſtant à ſa chaîne on m'attache.

(*Elle ſe releve & court vers Amurat.*)

Mon père, de vos bras avant que l'on m'arrache ;

Mon juſte déſeſpoir, prévenant leurs fureurs,

Au défaut d'un poignard finira mes malheurs.

S C A N D E R B E R G.

Ah ! que vous liſez mal dans le fond de mon âme !

Mais ſouffrez que la gloire y vive avec ma flâme ;

Je ne dois point laiſſer mon triomphe imparfait ;

Je cours, juſqu'en ſon camp attaquer Mahomet,

Me venger, s'il ſe peut, & près de vous enſuite....

A T A L I D E.

Laiſſe-là d'un cruel la tardive pourſuite.

Mahomet, pour ſervir d'ambitieux deſſeins ;

Dès long-tems d'Andrinople à repris les chemins.

A M U R A T.

Qu'entends-je ? quoi ! mon fils !...

A T A L I D E.

Avant votre diſgrace

Il étoit diſparu ; ſa criminelle audace

Pour vous y prévenir précipitoit ſes pas ;

Et, commençant par moi ſes lâches attentats,

Au miſérable Oſman il a preſcrit ma perte.

A mes regards déjà la mort étoit offerte,

Quand ſoudain le Viſir, lui retenant le bras,

Dans ſes flancs, à ſon tour, porte un plus ſûr trépas.
Oſman tombe à mes pieds ; en expirant, ce traître
Confeſſe, avec horreur, les projets de ſon maître.

A M U R A T.

Ainſi j'étois par-tout entouré d'ennemis !

S C A N D E R B E R G.

Le plus cruel de tous c'eſt ton barbare fils !

A M U R A T, *à Atalide.*

Mais peut-être qu'Hali, ce Miniſtre fidèle,
Raſſemblant mon armée.....

A T A L I D E.

      Eh ! que feroit ſon zéle ?
De votre ſort fatal les ſoldats informés,
D'un eſprit de révolte en ſecret animés,
Se ſont tous diſperſés ; leur lâche multitude
N'a laiſſé dans le camp qu'horreur & ſolitude.

A M U R A T.

Ah ! c'eſt trop dans un jour de honte & de revers !
Sort, où m'as-tu réduit ?

S C A N D E R B E R G.

      Que l'on briſe ſes fers.

A T A L I D E, *avec tranſport.*

O bonheur !

MENECLAS, *à Scanderberg, avec reproche.*

Des Chrétiens l'ennemi redoutable!

SCANDERBERG.

Je ne vois plus en lui qu'un Prince misérable,
Abandonné, trahi, déchu de sa grandeur,
Enfin, je ne sais pas insulter au malheur.

AMURAT.

Et moi, je ne sais point traîner dans l'infamie
Des jours, cruel bienfait d'une main ennemie;
Je ne sais point sur-tout, confus, humilié,
Endurer d'un vainqueur l'outrageante pitié;
La vie est un fardeau dont le poids m'importune....
(*Il se jette sur le poignard que Scanderberg avoit*
arraché à Atalide, & qu'il doit trouver à ses
pieds; il s'en frappe.)
(*) Voilà le seul secours que veut mon infortune!

(*) Scanderberg ayant jetté le poignard d'Atalide au fond
du Théâtre, Amurat ne le trouva pas à ses pieds, ainsi que
le jeu étoit indiqué; il fut obligé d'aller le chercher en tâto-
nant, car on n'avoit point apporté de flambeaux, ni haussé
les rampes, quoique je l'eusse marqué sur mon manuscrit;
Toutes ces mal-adresses firent rire, & avec raison, & l'on
baissa la toile subitement, sans que le Public eût nullement
témoigné le desirer. On m'a même assuré que l'on cria de
la relever & d'achever l'Ouvrage, tant l'on fut surpris &
choqué du parti expéditif que prirent les Comédiens; au

ATALIDE.

Ah Ciel!

AMURAT.

Ne pleure point, j'ai fu mourir en Roi.

SCANDERBERG, *à Meneclas.*

Je l'admire & le plains.

ATALIDE, *avec le cri de la douleur, & dans fes bras.*

Mon père!

AMURAT.

Calme-toi....

(*A Scanderberg.*)

Mais je veux révéler.... Ma fille te fut chère.

SCANDERBERG.

Ah! Seigneur...

AMURAT.

Reçois-la de la main de fon père ;
Que la loi des Chrétiens ne foit plus entre vous
Un obftacle invincible à devenir époux.

MENECLAS.

Eh! comment?...

AMURAT.

Connoiffez ce qu'elle-même ignore.

---

furplus, la demoifelle Sainval a eu l'honnêteté de fe féli-
citer, devant moi, d'en avoir donné l'ordre.

Cette loi fut la sienne ; à sa première aurore,
Sa mère sur sa tête en imprima le sceau ;
Quatre ans après, étant aux portes du tombeau,
Elle osa me l'apprendre, & même sa tendresse,
En ses derniers momens, m'arracha la promesse
De conserver sa fille à ses secrets liens,
Ou de la renvoyer au séjour des Chrétiens.
Cependant Atalide au Sérail demeurée,
Aux soins des Musulmans se vit alors livrée,
Mes sermens oubliés ne furent point remplis ;
Mais enfin, à ma mort, ils seront accomplis.....
(*S'affoiblissant peu à peu.*)
Ma fille..... je te rends à la foi de tes pères.....
Trouve auprès d'un Héros des destins plus prospères...
J'expire en te laissant du moins un protecteur....
Contre un frère barbare....

(*Il tombe dans les bras de sa fille & de quelques
   Soldats.*

      ATALIDE, *abîmée dans sa douleur.*

           Ah !

      SCANDERBERG, *à Amurat.*

                Dites un vengeur.
(*Il revient sur le devant du Théâtre.*)
Oui, je le poursuivrai ce monstre sanguinaire,
Assassin de sa sœur, infidèle à son père,
Oppresseur des vertus qu'il ne connut jamais,

Ténébreux artifan des plus lâches forfaits ;
Je lui jure en ce jour une guerre cruelle,
Je lui jure fur-tout une haîne immortelle !
Et je veux que le bruit de nos divifions
Fixe à jamais fur nous les yeux des Nations.

MENECLAS.

Oui , Prince , que toujours votre bras invincible
Oppofe à Mahomet un ennemi terrible ;
Mais venez dans Croïa , plein d'un jufte courroux ,
Concerter vos projets. Et vous , Madame , & vous ,
D'un objet douloureux fouffrez qu'on vous fépare....
(*On emporte Amurat , Atalide veut le fuivre ,*
  Meneclas la retient.)
La volonté du Ciel aujourd'hui fe déclare ,
Enfant prédeftiné , comblé de fes faveurs ,
Il exige de vous que vous fèchiez vos pleurs.

ATALIDE.

Quoi ! fa loi défendroit d'écouter la nature !

MENECLAS.

Non ; mais de nos douleurs il borne la mefure ;
Manifeftant fur vous fes glorieux deffeins ,
Madame , il vous appelle à des devoirs plus faints ;
Venez , en renonçant à des loix menfongères ,
Régénérer votre âme au Temple de vos pères.

SCANDERBERG.

Oui, Madame, venez.... Il est d'autres fermens....
Mais, refpectant vos pleurs, j'attendrai tout du tems.
Cependant, de mes vœux augufte Souveraine,
Dans les murs de Croïa daignez entrer en Reine.

ATALIDE.

J'y vais entrer mourante, & j'efpère du moins
Y pouvoir librement remplir de triftes foins,
Qu'un tombeau pour mon père.... Ah ! j'ai droit d'y
      prétendre ;
Viens t'honorer toi-même en révérant fa cendre.
Ciel, qui feul as conduit ces grands événemens,
Fais que mon cœur fuffife à tous fes fentimens !

F I N.